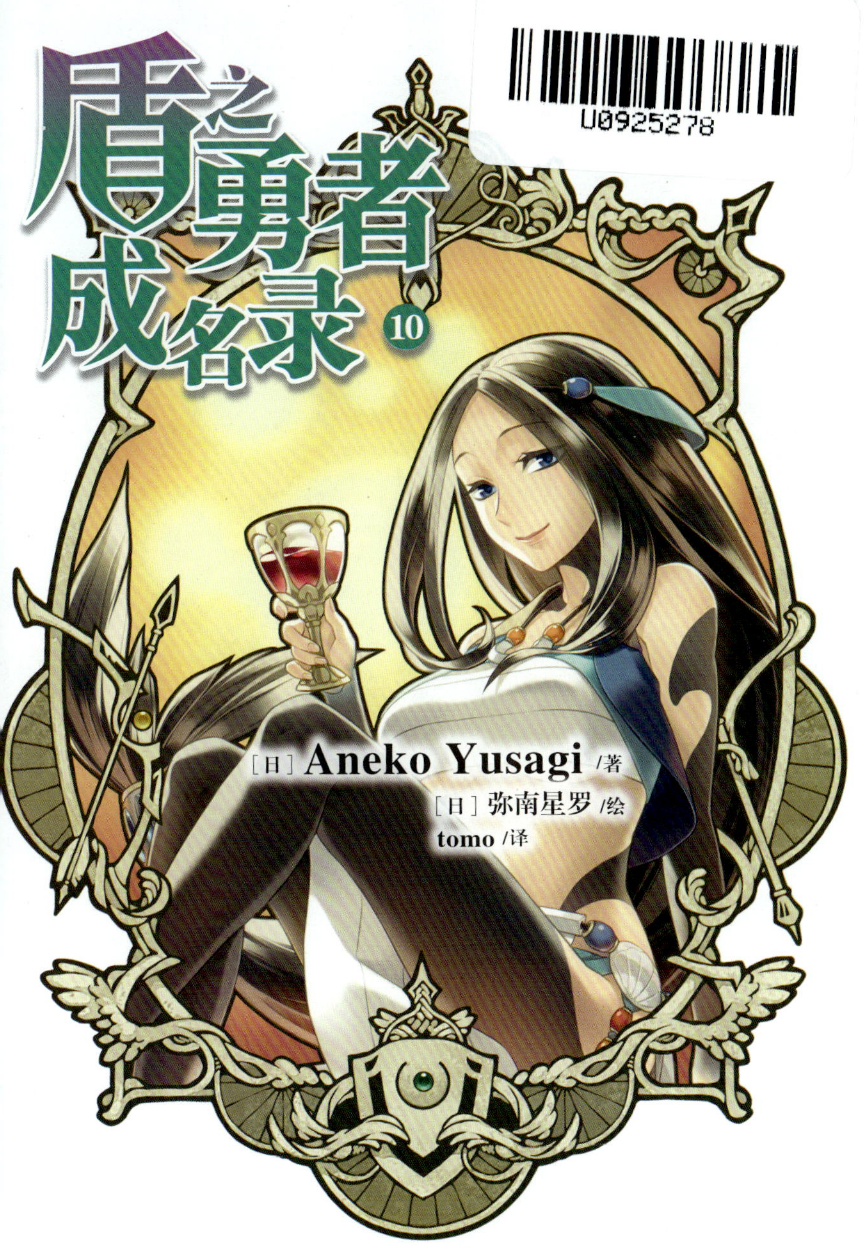

U0925278

盾之勇者成名录 10

[日] Aneko Yusagi /著
[日] 弥南星罗 /绘
tomo /译

四川美术出版社

拉芙塔莉雅
娜迪亚
基尔

艾克蕾尔
岩谷 尚文
莉西亚
梅尔媞
菲洛
人物介绍
盾之勇者成名录

『哎呀呀，虽然我不讨厌急性子的小孩，
但是你们也太急啦！』

[日]Aneko Yusagi/著
[日]弥南星罗/绘
tomo/译

四川美術出版社

目 录

前言 灵龟的结界

我们刚与绊他们分开就被传送走了，眼前的景象瞬间切换，就像浪潮爆发时发生的召唤现象一样。

这里……看上去很像梅尔罗麦克内城附近的平原地带。

“我们回来了！”

拉芙塔莉雅感慨道。

我也觉得应该是顺利回到梅尔罗麦克了。

“看起来是的。”

“好长时间啦……”

菲洛好像也有同样的感触。

“总算是回来了！”

连莉西亚都很感动。

就在大家都感到安心的瞬间，我的盾牌向天空射出一道耀眼的光芒……紧接着，那道光芒又像融入天空一样消散了。

“呜哇！”

“这……这是？”

“是把灵龟的能量还给这个世界了吧。”

这段时间其实并没有很久，但确实让人有不少感触。

虽然回想起来让人觉得很短暂，但这的确是一场漫长的战斗。

灵龟的目的是制造结界保护世界，但是灵龟的本体却被人侵入。奥丝特因此向我们求助，我们发现是京操纵灵龟给世界造成了莫大的破坏，之后又追着他去了另一个世界。

在另一个世界中，我们认识了同为四圣勇者的绊，和绊一起与京战斗，在让京付出应有的代价之后，我们成功把被他抢走的灵龟能量带了回来。

包括灵龟在内，这种类型的怪物都被称为守护兽，他们吞噬生物的灵魂，用转化来的能量制作结界。这么做只有一个目的，就是防止因不同世界互相融合造成的灾难——浪潮。

据说只要积蓄了足够多的能量，顺利生成结界，就可以阻止浪潮的发生。即使能量不够，至少也能让下一次浪潮来得晚一些……大概是这个意思吧。

我们夺回了这些能量，又将其释放出去，让能量发挥原本的作用。

这个场景非常梦幻，就算再遥远的地方也能看到吧？

我一边想，一边看了看手上的灵龟之心盾，发现盾上的光芒已经完全消失了。

看起来，盾牌里储存的能量已经全部释放了，现在已经连一点朦胧的微光都没有了。

专用效果能量爆破的数据显示变成了0%，连盾牌本身的属性都下降了，看来它已经完成了自己的使命。

“好啦，我们看看现在情况如何吧。”

“是，尚文大人。”

现在跟我说话的人是拉芙塔莉雅。

这个亚人少女之前是奴隶，我们已经共同生活、战斗了相当长的时间，根本没必要特意去确认这个声音是不是她。

从某种意义上来说，我就相当于她的父亲，但是现在，其实很多时候反而是我在依赖她。

这次在另一个世界，她还被刀之眷属器选中，因此自动解除了奴隶的身份。

不知道为什么，她特别适合穿巫女服，完全就是一个和风

美人。

是不是因为她长着浣熊的耳朵和尾巴呢？

“那么，距离下一次浪潮还有多久呢？”

我看着视野里浮现出来的沙漏。

红色沙漏旁边的数字是静止的，而蓝色沙漏图标是在变动的，现在显示的数字是八。

我记得奥丝特好像也提到过，在下一个守护兽出现之前，会有一段缓冲期。

下一个是凤凰吧？

原来如此，这个沙漏表示的应该就是距离凤凰出现还有多少时间吧？

推算下来，距离凤凰的封印解开还有差不多三个半月……这场战斗打得这么辛苦，我到底应该感慨居然只能休息三个半月呢，还是该为至少能休息三个半月而高兴呢？

“看起来，距离下一个守护兽解除封印还有三个半月。”

“是这样啊。时间比预期的还短呢。”

“倒也不能这么说。与之前的情况相比，时间上已经算是比较宽裕了。”

我刚被召唤来的第一个月，就遇上了一次浪潮。

第二次浪潮则是在那一个半月之后。

紧接着就是三勇教事件，与其他勇者情报共享，在卡尔米拉岛遇到浪潮，然后就是灵龟事件了。

按照原本的时间线，马上就会是梅尔罗麦克的下一次浪潮。然而从我来到这个世界开始计算，其实也才过了三个多月。

“差不多就和我在这个世界生活过的时间一样长。我们在绊的世界也战斗了一个月呢。”

“是吗？”

“考虑到菲洛的年龄，有三个半月就已经非常足够了。”

菲洛是只幼年的菲洛鸟。

菲洛鸟是一种奇怪的鸟类魔物，最大的爱好是拉车，菲洛是其中的高级形态，还能变成像天使一样可爱的小女孩。

如果她不说话，看上去就是个金发碧眼的可爱小孩。

她的实际年龄比我被召唤到这个世界的时间还少一个月。

也就是说，三个半月的缓冲期，基本上等于菲洛已在这个世界上生活的全部时间。

“唔啊啊啊……好像也没时间休息了。”

这个嘴里喊着唔啊啊啊的少女叫莉西亚。她的能力会随着感情的波动而变化，简直就是主角体质。

在我们与京的战斗中，她也是表现最好的大功臣。

她原本是另一个四圣勇者——树的伙伴，因为战斗力低下被舍弃，被我捡了回来。现在看来，她在战场上还挺有用的。

虽然只有情绪激动的时候才能发挥力量，但是我相信她早晚有一天会大放异彩。

她大概就属于那种大器晚成的类型，基础数值以后也会慢慢成长吧。

“是啊。我们必须得找到变强的方法，不然就来不及了。而且我们的下一个对手是凤凰。大家都要尽全力磨炼自己，毕竟时间是有限的。”

“是！”

“拉芙！”

小拉芙也和莉西亚一起叫道。

对了，小拉芙是用拉芙塔莉雅的毛发做出来的式神。

外表既像狸猫又像浣熊，非常可爱……如果把拉芙塔莉雅代换成动物，应该就是这样的吧。

而且小拉芙还非常聪明，总能帮上忙。

这个时候，我突然发现盾牌好像有反应。这是……使魔盾？

盾牌的图标在发光，我点开一看，有一个使魔盾的形态解锁了。

内容上和式神之盾几乎一模一样。

看起来是专门用于小拉芙的盾牌形态。

太好了，虽然我们这边的世界和绊她们那边不一样，但至少小拉芙没有消失。

根据经验判断，如果某种东西不能跨越世界，那它在系统里的名字就会变成乱码，也会失去所有功能。

如果式神之盾也变成乱码，小拉芙就会变成一个不能说话还不会动的毛绒玩具，那我可要失落了。幸好没事。

"尚文大人，你是不是又在想什么奇怪的事情了？"

"我只是觉得，小拉芙在这个世界也能用，真是太好了。"

"唉……"

拉芙塔莉雅好像不太会处理和小拉芙之间的关系。

"只是之前训练得来的能力值好像都归零了，得从头开始。不过我们对这边的世界更熟悉，马上就能让它比之前更厉害。"

"拉芙！"

小拉芙真的很捧场。

它大概是想表达对我的赞同吧，用两条后腿站了起来。

"……啊，好像城堡那边有人来迎接我们了。"

我和小拉芙对视一眼，才发现有辆很眼熟的马车从梅尔罗麦克城堡方向向我们驶来。

没错，我们身后就是灵龟的尸体。

我们是直接被传送到灵龟面前的。

时间已经过去一个月，这里的清理工作还是有些成效的。

灵龟的肉被切除，背上那座山上的绿色好像也蔓延开来了。

奥丝特，我们回来了。

虽然只有短短一瞬间，但我仿佛看到灵龟的尸体上有一道光芒闪过，就像在回应我的呼唤一样……一定是我的错觉吧。

“好啦……我们就先跟赶来的人叙叙旧吧。”

“是。”

“我可是攒了不少要说的话，还带了礼物回来呢。”

“小梅尔也会高兴吧？”

“应该吧。”

菲洛身上穿着一套睡衣，那是模仿她自己的菲洛鸟形态制作的。

她好像准备把这件衣服送给自己的好朋友——梅尔罗麦克的二公主梅尔媞，就当是伴手礼了。

“我们接下来也会很忙碌吧。拉芙塔莉雅，你要做好心理准备。”

没错，就像绊她们面临的情况一样，我们这边也有很多待解决的问题。

比如败给灵龟又被俘虏的那三个勇者……我也希望这次他们能变得更好沟通一些。

“是。”

“另外……对了，在和凤凰的战斗开始之前，我们把该做的事情都做好，有时间的话就去一趟吧。”

“要去哪里啊？”

“这个嘛……等等再说。”

“啊，是……”

“唔啊啊啊……”

我故弄玄虚地对拉芙塔莉雅挤了挤眼睛，却把旁边的莉西

亚吓得发出了尖叫。

太没礼貌了。我做这种表情有那么吓人吗？

这个时候，由马车和骑士构成的队伍已经来到了我们面前。

梅尔罗麦克的女王从车上下来，行了一礼。

“非常欢迎您回来，岩谷阁下。”

“好久不见。”

时隔一个月，女王看上去倒也没有什么变化。

嗯，至少外表上是这样。

“那么，事情进展如何？”

“你们应该多多少少也看得出来吧？”

“我们赶来之前已经看到有一道强光融入天空了。那道光就证明，岩谷阁下把灵龟的能量抢回来了，对吧？”

“没错，灵龟的力量大概可以让浪潮暂时不会发生。”

听我这么说，周围的骑士都发出感叹的声音。

“至少在下一只四圣守护兽——也就是凤凰的封印解开之前，我们应该暂时是安全的。”

“‘暂时’大概是多久呢？”

“三个半月。也许不算长……但我们也只能接受了。”

“明白了。各位在异世界，同时也是在敌人的领地战斗，一定很疲惫了。请跟我来。”

“……是啊，我也想知道你们这边的情况。”

见我点头同意，女王让出道路，把我们请上了马车。

我们乘坐女王准备的马车，启程返回城堡。

第一话 杖之七星

“看啊，岩谷阁下。国民正在毫无保留地向岩谷阁下表达感激之情。请向他们挥挥手吧。”

“哦，行行行。”

场面这么热烈，反而让人觉得假惺惺的。

“盾之勇者阁下，谢谢！”

“勇者阁下！”

我们乘坐女王准备的马车前往城堡，结果就像参加了一场凯旋游行一样，内城的人一路都在向我挥手。

真是一群现实的家伙。

当然啦，从动画和真实的历史中也可以知道，集体意识其实就是这么单纯。

我随意地挥手回应他们。

只不过，如果时间回溯到两三个月以前，他们应该只会对我扔垃圾吧。

因为那个时候，我还是盾之恶魔呢。

其实就在我们经历过第一次浪潮之后，群众都还会恶狠狠地瞪我，就像在质问我为什么会出现。

直到现在，我才算得到了应有的待遇，这多半算是值得高兴的好事吧，但我心里总有点疑虑。

在这个世界，从我离开到回来，中间过去了多少时间呢？

“对了，女王。”

“什么事？”

“从我们离开的时候开始计算，这边已经过去多久了？”

我自己也算过时间，只不过以防万一，还是再问问比较好。

也有可能就像浦岛太郎的故事一样，已经过去很多年了呢。

“有两周半哦。”

“……是吗？”

哎呀？看起来，反而是绊她们那边的时间比较快呀。

听女王说只有两周半，拉芙塔莉雅和莉西亚都露出了震惊的表情。

“发生什么事了？”

“我们追击敌人进入的那个世界，过了差不多一个月。”

“原来如此……”

不知道算不算好事，不过这也等于帮我们节约了一些时间。

最后队伍终于进入城堡，我们又来到了王座所在的房间。

“联合军的人呢？”

“都返回各自的国家了，还要参加复兴重建的工作。”

灵龟造成了严重的损失，我也亲眼见过它留下的那些痕迹。

虽然我们最后在梅尔罗麦克打倒了它，但灵龟巨大的遗体还是留在了草原上，它背上还有一片辽阔的残垣断壁。

“我们先来确定一下现状吧。目前，全世界的龙刻的沙漏都处于停止状态。”

“我这边的红色沙漏也停了。”

“嗯。”

“不过，还有另外一个沙漏，显示的是还有三个半月。”

现场的气氛一下子就沉重起来。

“在这三个半月内，我们必须做好与凤凰战斗的准备。”

时间一到，凤凰就会复活。

“还有，我们追着夺取灵龟能量的敌人，也就是京，去了

另一个世界之后，又了解到一些事实。”

我把在绊的世界得知的情况告诉了女王。

在绊的世界，一直流传着一种说法，浪潮是不同世界互相融合引发的现象，而这次的融合完成之后，世界的容量将突破极限，最终迎来毁灭。

就是为了避免这种情况，那些以眷属器所有者为名的勇者们才会通过浪潮的裂缝前往其他世界，想要杀死其他世界的支柱，也就是圣武器的勇者们。

女王身边的人都很激动。

“……你说的是真的吗？”

“老实说，确实让人难以置信，毕竟我也没有亲自证实过。但那个世界的四圣武器中，有些根本就不能和人战斗。如果这个说法是真的，至少四圣应该擅长与人作战才对吧？”

眷属器勇者会与四圣勇者战斗的说法也许有道理，但是绊却不认同。

“我们还在那个世界找到了一些文献，可能记载了其他的说法。莉西亚——”

“啊，是！”

莉西亚把绊送给我们的手抄本拿了出来。

“虽然我们现在还不知道内容是什么，但也看得出来，插图中的很多元素都和浪潮有关。如果能翻译出来，应该会有些用处吧。”

“……明白了。那么就集合各国的全部力量，请大家派出有相关能力的人帮忙解读吧。”

“把莉西亚也加进去吧。她已经学会了那个世界的语言，在这方面应该还是比较有天赋的。”

至少比在战斗方面有天赋。

“唔啊啊啊。”

“你已经答应过葛拉丝她们啦，加油吧。”

必须要让她全面成长才行。

“除了这些信息之外，我还跟那边的四圣谈过。虽然可能只是暂时的，但也算是和他们达成了一个停战协议。就算以后还会再碰面，开战的可能性也是很低的。”

“……明白了。而且现在浪潮暂时不会爆发，我也认为没必要持续保持高度的警惕。”

“另外，我们还从那个世界带回了一些东西。虽然不知道还能不能发挥功效，但是品种很多。”

我拿出一个袋子递给女王看，里面装着绊给的东西。

如果这些东西还能用，那在对抗浪潮的时候就有很高的价值了。

包括可以像传说武器一样提取掉落物品的道具，以及能模拟沙漏在浪潮中的召唤效果的“归途的抄写”，绊她们给了我不少东西。

“接下来，重要的事情我要先说清楚。”

我向前一步，用与其说是商量，不如说是不容置疑的语气对女王说道：

“在这三个半月里，我们必须治好战斗中受到的诅咒。”

没错，现在我们几个——包括我、拉芙塔莉雅还有菲洛——都受到“群·献祭·灵气”的影响，处于基础能力降低的状态，而且要很久才能治好。

“是这样啊……”

老实说情况非常危急。

在诅咒治好之前，不得不多加小心，现在就连普通的战斗可能都有问题。

按照绊的世界的治疗师所说，完全治好差不多需要三个月。

虽然我自己也会尝试各种治疗手段，但是在治好之前，总要有点方法来解决能力降低带来的问题。

因为和其他勇者共享了强化自身的方法，所以我也知道，之前的自己已经像怪物一样强大了。

万幸的是，我的防御力并没有受到诅咒的影响，所以可能还不至于一无是处。

“再过三个半月，凤凰的封印就要解除了，那之后的战斗应该会很艰难吧。”

我在绊的世界听说过，魔物的强大与否与浪潮息息相关。

随着现状越来越艰苦，勇者也会越来越不可或缺。

我一个人是不可能应付得过来的，就算再加上一个拿着刀之眷属器的拉芙塔莉雅，也是于事无补。

况且我还和菲托利亚有个约定。

至少也得改善与其他几名四圣勇者之间的关系吧。

“考虑到今后要面临的问题，我觉得有必要再把勇者召集到一起谈一谈。包括四圣和眷属器……哦，应该叫七星是吧？”

我认为，绊的世界的眷属器所有者，大概就等同于这个世界所说的七星勇者吧。

我想和这些家伙谈谈，最好能共享一下强化的方法。

“……”

听我这么说，女王用扇子挡住了嘴。

“……岩谷阁下的意思，我已经明白了。和七星勇者会谈一事……我会和法普雷等国取得联系，尽力促成。”

听女王这么回答，我有些疑惑。

只有七星勇者吗？那三个傻瓜四圣呢？

“喂，四圣呢……除我之外的人都去哪里了？”

我一开口，女王就避开了我的视线。

“喂！”

“真……真的是非常抱歉……就在几天之前……”

除我之外的四圣，就是分别为剑、枪、弓之勇者的天木炼、北村元康和川澄树。

他们都相信自己是进入了一个游戏的世界，仅凭自己知道的一些游戏知识便横行无忌，结果在挑战灵龟的时候被反杀，落在了京的手里，还成了给灵龟提供能量的人体电池。

在我们出发去另一个世界之前，我记得他们应该都被艾克蕾尔和变幻无双流的婆婆给带走了。

据女王所说，后来的事情是这样的：

勇者们一直在治疗院里沉睡不醒，然而就在几天前，治疗师们发现，勇者们好像都恢复了意识。据负责诊察的治疗师所说，勇者们互相询问了事情原委，也都意识到自己挑战灵龟失败了。

“然后呢？”

“就在醒来的那天晚上，勇者们就突然全都失踪了……”

我能感觉到自己的表情僵硬了。

那群笨蛋勇者！居然用传送技能逃跑了！

我不知道他们为什么要跑。他们应该也没干什么坏事吧——虽然确实挺丢脸的。

“虽然封锁了信息，但是民众之间一直有流言，说四圣勇者战败就是灵龟之所以变得凶恶的原因之一，所以我们也很担心各位勇者阁下。”

“唉……不知道他们跑到哪里去了，总之还是想办法尽量保障他们的安全吧。”

“我会想办法的。只不过，考虑到他们也可能是因为自己

导致的巨大损失而自怨自艾，所以我也下令要谨慎对待。”

真是的……这几个笨蛋，到底要带来多少麻烦才算完呀！

“大概也有人想在勇者们战败伤心时乘虚而入，利用他们称霸世界吧，这种人也不得不防。”

“是啊，肯定会有这种人。”

“当然，敢这样做的国家肯定会受到谴责。不只我国，法普雷也不会袖手旁观的。”

“法普雷，就是那个本应该率先召唤四圣勇者的国家吧？”

“是的。这个国家和四圣勇者有着密切的关联。如果不经他们同意就轻举妄动，恐怕会引发战争。”

我本来以为，在与战争相关的问题上，这个世界没有绊的世界那么严峻，看来是我想得太简单了。

勇者一旦逃离了自己所属的国家，就有可能沦为政治工具。

我被排挤的时候，还不知道有其他国家挖角这回事，所以也没造成什么影响，但那几个家伙可就难说了。

这几个人真是不让人省心啊。

不过我同为四圣勇者，可能也没资格说这种话……

现在我们能做的，就只有召集七星勇者了吧。

虽然还不知道是敌是友，但至少得先见面谈一谈。

我还有个重要的目的，就是让他们分享各自的强化方式。

当然，能不能从对方嘴里问出我想要的答案，现在还是未知数。

就算在绊她们那个世界，也有京那样的勇者。

目前暂时无法判断七星勇者都是什么立场，但我还是想尝试一下，如果问出其他人的强化方法能解决诅咒造成的能力降低的问题就最好了。

“勇者的事我知道了。另外，就是现在的受灾情况，还能恢复吗？”

听我提到这个，女王和她身边人的情绪更压抑了。

果然很难啊。

“又是进入灵龟内部，又是诱导灵龟行进方向，联合军本身损失也很大。”

“没能保护好他们，非常抱歉。”

我身为盾之勇者，本职工作应该是在行动中尽量减少友军的死伤，但是结果并不如人意，损失依然惨重。

“不……这本来也是大家自愿的，进入灵龟内部的人也都相信，是因为有盾之勇者阁下，大家才能从绝境中得以生还。”

“大家能这么想，我也很欣慰。”

“邻国遭受的打击也很大，想恢复应该需要花费很长的时间吧。”

“这样啊。”

“老实说，我们连给岩谷阁下提供支援都有些捉襟见肘了。”

我也只能点头认可。如果在经受了如此大规模的灾害之后，她们还能给我提供那种程度的援助，我反而要好奇那么大笔钱是从哪里来的了。

“我们还是会竭尽所能，但是可能远远无法达到当时承诺的水平……”

“啊，我知道了。需要用钱的话我会自己想办法的。”

政府甚至可能还需要募集复兴重建的资金呢……我要不要直接提出自己的计划呢？

“对了，其实支援也不一定是给钱吧？”

“是的，而且按照现状来看，对我们来说，反而提供钱以外的东西会更轻松一些呢。”

之前带着联合军一起行动的时候我就想过这件事，所以也

不算是突发奇想。

“那……能给我一块领地吗？”

没错，我看过绊她们的情况后，也考虑过应该怎么应对浪潮的问题。

同时我也考虑了我能给拉芙塔莉雅的最大的谢礼。

等到世界和平了，我一定不会继续留在这个愚蠢的世界，会毫不犹豫地选择返回原本的世界。

那拉芙塔莉雅怎么办呢？

对于拉芙塔莉雅来说，这个世界才是她应该留下的地方。

这样的话，曾经跟我患难与共的拉芙塔莉雅，就需要一个能够过上幸福生活的地方。

“领地吗？虽然没什么问题，但是我能问问想要领地的原因吗？如果是之前的岩谷阁下……说句不太礼貌的话，应该不会关注这种事吧。”

那我就把表面的理由告诉她吧。

“浪潮对面那个世界，四圣勇者身边有一群经过千锤百炼的伙伴，他们可以在没有勇者的情况下挑战浪潮。我认为，我们今后也有必要这么做。”

虽然从结果上来说，打倒灵龟的还是我，但是我只能防守，因此伙伴还是非常重要的。

“……我明白岩谷阁下的意思了。”

“丑话说在前面，如果没有联合军，我们之前连灵龟都打不过。这就是一切的大前提。但是联合军目前的状态，要对抗浪潮也是有难度的。老实说，他们还是太弱了。”

“唔……”

那些骑士的自尊心都很强，听我这么说就很郁闷。

“我说的弱，是指部队整体的战斗力。既然灵龟和浪潮之

间有着千丝万缕的联系，那么可以预见的是，今后很可能出现比灵龟更厉害的怪物。所以我想培养专门用来对抗浪潮的个人武装……这不仅需要花钱，还需要一块领地。”

“原来如此，我已经明白岩谷阁下的想法了。本来就应该有所赏赐的，这个机会也不错。”

女王合上扇子，拿出了地图。

“我觉得内城附近比较好，不知道岩谷阁下有没有想要的地方呢？”

“就这里。”

我毫不犹豫地伸出手指，点着前往卡尔米拉岛那个港口附近的一块地方。

“咦？”

拉芙塔莉雅不小心发出了声音，又拼命克制住了。

“哦……那个地方……就是赛阿尔特小姐现在担任领主的地区吧。”

“你是说艾克蕾尔吗？那家伙也是个大忙人啊。”

“是啊，我也很愿意为重建这块土地提供支援，但是从目前的情况来看……怕是很难有什么进展。”

“是吗……”

据说在我被召唤到这个世界之前，这片地区就受到第一次浪潮的影响，损失惨重。

我也曾经几次路过那边，只能看到无尽的废墟，是一片没有生机的土地。

不知道是不是受到浪潮的影响，草木也不茂盛，重建难度恐怕很大吧。

而且距离我们离开也才过去了两周半的时间。

“可以的话，我还是建议岩谷阁下选其他地方。这个地方

因为受到第一次浪潮的破坏，基本上已经是一片废墟了。”

“反正去哪里都是开荒。与其选择一块内城附近已经开发完毕的地方，还不如选这块地方，更方便我按照自己的喜好去发展，正好合适。”

“……明白了。剩下的就是为了赐给领地，还得赐予您适合的地位才行。”

“反正浪潮的问题解决后我就会离开，不需要能传承的爵位。或者等我走了再还给艾克蕾尔也行。不对……其实只要能让我放开手脚搞建设，就让她继续当领主也没关系。”

反正我也不是不认识艾克蕾尔。她是个死心眼的人，只要让她知道我们想和亚人搞好关系，她一定不会阻碍我的。

“那可不行。岩谷阁下，您太小瞧自己的表现了。如果我们不给您应得的报酬，其他国家完全可以抓住这个把柄，名正言顺地攻击梅尔罗麦克。”

我怎么还被女王批评了？

“那就封您为伯爵吧。”

“喂……”

居然是伯爵，那就是可以传承的爵位吧。

我之前沉迷于一部贵族主题的漫画，所以对爵位也是有些了解的。

虽然那部漫画的背景不是中世纪，而是近代。

公爵、侯爵、伯爵、子爵、男爵，统称为五爵，从公爵到男爵地位逐级降低。

一般来说，爵位会根据出身和领地分为两大类。在我的世界，比如说欧洲，爵位基本上都是与领地相对应的，而支配领地的人就统称为贵族。

与之相应的，拥有好几块领地的人，就有好几个爵位。

而有爵位的贵族，意味着最低也拥有一万英亩（**注：约40平方千米**）的土地。

虽然我不知道这些规则在这个世界是否适用。

“万一岩谷阁下有后代呢？这是为了应对这种情况。比如……和梅尔媞生个孩子什么的。”

“不可能的。”

你就那么想让梅尔媞和我联姻吗？

她还是个小姑娘呢，这是绝对不可能的事情。

“还请稍等。我们必须要进行赐予爵位的仪式。”

“好麻烦啊……”

“就算岩谷阁下这么说，也必须为您之前的表现给出相应的待遇和报酬，这关系到国家的威信。”

这倒也是，勇者打败了强大的敌人，如果只有金钱奖励，好像确实有点不合适。

“盾之勇者阁下本来就受到亚人的推崇，现在你选择了赛阿尔特领，在梅尔罗麦克国内，大家也都知道赛阿尔特领对人类和亚人一视同仁。艾克蕾尔的父亲也很受人民爱戴，我也曾经很仰仗他。”

女王这家伙，看起来已经知道我的意图了。她看了拉芙塔莉雅好几眼。

“这是很不错的宣传机会。这方面就交给我吧。”

“你们期望太高，我也很为难。”

女王把仪式要用的剑交给我。

可能有人以为会有排斥反应吧，但其实只要我没有战斗意愿，光拿着武器还是没有问题的。

这种授勋仪式，大概就是我先拔出剑递给女王，女王再用剑在我双肩上比画一下，就算是完成了。

“为盾之勇者岩谷尚文授予爵位！”

城堡的士兵们开始吹奏一种像喇叭一样的乐器。

我从大门进入，昂首阔步地向端坐在王位的女王走去，然后单膝跪地，低下头，拔出挂在腰间的宝剑递到女王手上。

女王接过剑柄，将剑身搭在我的肩膀上。

“汝，循家国之准绳，禀前事之贡献，当受伯爵之位。”

然后女王又把剑还给我。

“期待你今后的表现。”

我把剑插回剑鞘，站起身。

“这样就可以了。我本来还想搞得更盛大一些的。”

“好麻烦。”

“就知道您会这么说，所以特意精简了流程。但我还是要把这件事情好好向民众宣传一番。”

“知道啦。”

总觉得从今往后，我可能就没办法自由地在内城活动了。

说起来，那个垃圾到哪里去了？好像已经很久没有见过他了，他也在吧？

他之前做过女王的代理人，也是女王的丈夫。可能也曾经有过别的名字吧，不过现在作为惩罚，名字也被正式改成了垃圾。他就是以宗教名义试图陷害我的主谋之一。

……找到了。他正在恶狠狠地瞪着我。

女王眼中精光一闪，什么都没有说。

我正在疑惑，突然发现垃圾的脖子上有个项圈。

“……！”

他是有话想说吧，还伸手去摸那个项圈，然后就被勒住了。

太好笑了，笑死我了。

“……！”

他好像非常生气。

他即使想要大喊大叫，但声音还没出口，喉咙就会被项圈勒住。这个画面真的很滑稽。

“尚文大人？”

拉芙塔莉雅开口提醒我。

拉芙塔莉雅好像看不见垃圾脖子上的项圈。

“可是真的很好笑嘛。你看呀。”

“唉，真不愧是尚文大人。”

拉芙塔莉雅也是无可奈何。

“对了，岩谷阁下，您提过想和七星勇者面谈吧。”

“嗯？是有这么回事……”

女王意有所指地看着垃圾。

垃圾被他身边的骑士强拉着走到我面前，跪倒在地。

“我们来说说某个七星勇者的情况吧。”

为什么要在垃圾的面前说呢？

“他本名叫鲁什，曾是个非常优秀的人。在希尔拓贝尔特安图称霸世界的年代，他敢于直面其锋锐，在二十多年前，拯救了包括梅尔罗麦克在内的很多国家。”

“这家伙这么厉害吗？”

既然是二十多年前的事，那这个人现在年龄应该不小了。

在我认识的人里，大概也就是婆婆、奴隶商人、首饰商人那个年龄段吧。

后面那两个人不在考虑范围之内，那么最有可能的就是婆婆了。

之前她吃了药康复之后，也曾经大闹了一场呢。但我总觉得好像不太对。

“然而人们对他的称呼，却并不是杖之勇者，反而更敬畏

他的智慧谋略……称他为英智的贤王。”

“……！”

怎么垃圾突然开始挣扎了？

嗯……英智的贤王吗？还挺厉害的啊。

如果是头脑非常好的人……我看着莉西亚。

“是你爸爸吗？”

“唔啊啊啊？”

莉西亚拼命地摇头。好像不是啊。

“莉西亚，你知道女王说的人是谁吗？”

“啊，是的。眼前这位国王陛下就是杖之七星勇者阁下。”

“啥？”

我目瞪口呆，莉西亚指着眼前拼命挣扎的垃圾。

“梅尔罗麦克能延续到今天，也都是因为有国王陛下啊。”

不不不，这个又傻又蠢、利欲熏心的垃圾居然是七星勇者？

不可能！我都没见过他拿什么杖啊！

什么英智的贤王啊？明明是无知的愚王。

“莉西亚，这个玩笑还挺好笑的。”

“……！”

垃圾喘着粗气瞪我。

“我不是在开玩笑……国王陛下现在这种做派一定是某种策略。我的爸爸和妈妈也经常说，只要国王陛下还在，梅尔罗麦克就会长治久安。”

“你爸爸妈妈就是因为这么单纯，才会变成没落贵族的。”

“唔啊啊啊……”

“尚文大人！”

拉芙塔莉雅又在提醒我了。可我说的是事实啊。

按照他们的说法，如果是在我原本的世界里，他应该相当

于那种有名的军师吧？

虽然做出愚蠢的行为，但其实是故意的，给人一种只可远观的感觉，怎么看都深不可测……

不可能。

“这一定是那种桥段：真正的贤王其实去了别的地方，这家伙只是个替身吧。”

我挑衅地伸手指着垃圾，他可能真的忍不了了吧，握起拳头想要来打我。

“别想得逞。冰牢。”

“……？”

垃圾被冰牢困住，恨恨地瞪着女王。

“说不定本人其实已经死了，垃圾就是乘虚而入鸠占鹊巢的吧？”

“不不不，这都是真的哦。对吧，垃圾？”

“……！”

“啊，他因为戴着项圈，所以不能说话呢。岩谷阁下，请你回想一下，这就是为什么贱人可以成为奴隶，但是垃圾就不能这么处理的原因。”

这么一说……我原本以为是因为垃圾并没有激烈反抗，所以才和贱人的处罚不同呢——虽然我也觉得对他的惩罚太轻了。

“岩谷阁下应该了解吧，四圣和七星都是不能变成奴隶的。”

“唉……也就是说，因为绝对不可能把垃圾变成奴隶，所以才像现在这样给他戴了个项圈吗……戴项圈就可以吗？”

“是啊，不过他要破坏项圈还是很容易的。只是因为弄坏了会有其他惩罚，所以才不这么做而已。”

女王话音刚落，垃圾就扯断了项圈。

“我忍不了了！盾——”

这家伙还是这么聒噪。

“……这次我就睁一只眼闭一只眼。算了，奥托库莱茵，啊，应该叫你垃圾。把你的杖的强化方法提供给岩谷阁下吧。”

“谁要告诉他啊！我……我是不会认可的！让盾做伯爵？我绝不认可！”

“……这是什么话？不过还请饶他一条命吧。”

女王一边说，一边打垃圾的脸。

虽然我看着眼前的场面还有点开心，但是从现实的角度考虑，要从垃圾嘴里问出强化方法还是太有难度了。

还不如杀了他，等新的武器所有者出现再问更快呢。

可是女王又开口让我大人有大量。

这个问题可难倒我了。

“女王，那你拷问他，让他老实交代吧。不能为世界和平而战的勇者，又有什么生存价值呢？”

“你说什么——唔呃？”

女王命人塞住了垃圾的嘴，让他安静下来。

“……我知道了。”

“期限是——”

我还没把宽限期限说出来，就被女王打断了。

“还有一个问题，与贱人有关。”

是有什么新进展吗？虽然强化方法也很重要，但是牵扯到那个贱人，情况又不一样了。

我也感觉到女王在有意引开我的注意力，下次再有机会，我肯定还要找垃圾的麻烦。

“北村阁下醒来之后曾经提到过，所以我觉得她很有可能还活着。”

“确实是这样……得早点找到她，把她抓回来。”

我记得京也说过，元康是自己挡住灵龟，让他的伙伴们先逃的，所以贱人肯定还活着吧。

“正是如此。”

不知道她还会不会回到元康身边。是不是应该判她一个临阵脱逃呢？

“首先必须和她谈谈，也许会有个让岩谷阁下非常愉悦的结局……”

“希望如此吧，呵呵呵……”

我和女王互相试探着彼此的想法，相视而笑。

“尚文大人！”

“好啦好啦，我知道了……”

真是的，就让我演一会儿反派不行吗？学学小拉芙嘛。

“拉芙……”

顺便一提，小拉芙从刚才开始就一直在学我，此刻脸上也浮现着邪恶的笑容。

“总之，我也有很多事要问她呢。”

“知道了，大家早做准备吧。”

我们刚刚从异世界返回，还有很多事情需要做准备。

“再见啦，世界级垃圾。从今以后，你将以构陷勇者的无知愚王的身份遗臭万年。也挺好的吧，大名人。”

“……！”

就在我们准备离开王座所在的房间时，垃圾拼命地伸手指着我，还想要破坏限制他行动的冰牢。他大概是想揍我吧，但是包围他的士兵不会允许这种事情发生。女王的工作还是做得滴水不漏的。

话说回来，这家伙还真是七星勇者啊？

第二话 奴隶的去向

我倒在客房的床上，稍事休息。

唉，果然很累啊，躺下之后感觉更明显，诅咒效果的影响太大，身体负担很重。

今天我们和女王讨论今后的安排，一直到太阳落山。到底应该怎么做才好呢？

“说起来……”

我慢悠悠地检查身上的装备，果然，盔甲的名字又变成乱码了。

蛮夷人的盔甲已经没有任何效果了。

“拉芙塔莉雅、莉西亚，还有菲洛，你们也看看自己的装备吧。”

“啊，好的……名字变成奇怪的字符，装备效果也没有了。”

拉芙塔莉雅早就换上了之前在这边穿的铠甲。

可恶……她什么时候换的呀？

“尚文大人怎么一脸的不高兴？”

“有吗？”

她明明很适合那种巫女装扮，而且我也更喜欢那种风格。

就在我脑海中浮现出这些幼稚理由的同时，莉西亚也在用惊讶的神情看着我。

“啊，我的胸甲名字也变成奇怪的字符了。”

“那你要穿玩偶服吗？”

我记得好像还有备份的企鹅柯玩偶服……放在哪里了呢？

是不是在城堡的仓库里啊？

“唔啊啊啊？”

“好啦好啦，尚文大人。莉西亚小姐现在也成长了，玩偶服什么的……”

“主人，小梅尔呢？她不在房间里呀。”

菲洛打开睡衣问道。

总之先鉴定一下。

哦？菲洛的睡衣倒是好像可以直接穿。

“梅尔媞吗？我听说她好像去给艾克蕾尔帮忙了。”

“是吗？那明天能见到她吗？”

“也许吧。”

反正我们也准备到那边去。

“说起这个，尚文大人。”

我还在床上躺着，拉芙塔莉雅突然凑到我面前。

“现在有领地了呢，还有爵位……真是出人头地了。”

“我本来就是勇者……对这个倒是没什么感觉。”

“……尚文大人，你到底想做什么呢？”

拉芙塔莉雅疑惑地看着我问道。

这么说起来，我告诉女王想要哪块领地的时候，她也想说话来着。

“刚才那块领地的问题……就像我说的一样。考虑到今后会有更难打的硬仗，我们也应该像绊、葛拉丝、拉尔科他们一样，培养自己的私人部队比较好吧？”

“那为什么要选择最初遭受浪潮侵害的地方作为领地呢？”

我应该说实话吗？还是瞒着她更好呢？

不想让她觉得是受了我的恩惠，还是暂时搪塞过去好了。

“本来就是我比较熟悉的地方，这样也更方便吧。而且我

们和艾克蕾尔的父亲也算有渊源，我插手这片地区也没人会有意见。”

我和拉芙塔莉雅之间陷入了短暂的沉默。

最后，还是拉芙塔莉雅放弃般叹了口气。

“唉……我知道了。就当是这样吧。”

“拉芙塔莉雅，我们要召集奴隶。就先找你熟识的人吧。知根知底的人，战斗的时候才更让人放心，然后才是普通的奴隶。等到战斗力足够强大之后，还可以训练城堡的士兵什么的。”

我希望奴隶们的战斗力足够强大，就算到时候还要和葛拉丝那边再开战，至少也不要一下子就被打得丢盔弃甲。

“与此同时……呵呵。”

对于拉芙塔莉雅的熟人来说，如果不想背井离乡，就只能加入我的军队。也就是说，我的领民就等于是我手上的人质。

“又在演反派了，多半是在想人质什么的吧。”

唔，我好像已经被看穿了。

“呵呵，你们这样就好像是长年生活在一起的夫妻。”

莉西亚做出了爆炸性的发言。

不过，拉芙塔莉雅确实是我在这个世界接触得最多的人，她和我也算是互相了解吧，虽然并不是夫妻。

“你……你……你在说什么啊！”

拉芙塔莉雅红着脸喊道。

哎呀，这种桃色话题果然是她的逆鳞啊。莉西亚踩到她的雷区了。

虽然拉芙塔莉雅原本只是一个小孩子奴隶，但她的内心却比一般人更加温柔，是个热心肠的家伙。

失去了家人，又被夺走了栖身之所，我可以想象她经历过怎样的悲伤。

拉芙塔莉雅一直战斗到今天，就是为了不让别人经历和她一样的痛苦。她怀着如此崇高的目标，又怎么会考虑那些儿女情长的问题呢？再加上拉芙塔莉雅虽然外表上很成熟，但年龄上却还是小孩子，她还不到春心萌动的年纪吧。

倒是莉西亚本来就喜欢树，在这方面很容易想太多。

"莉西亚，拉芙塔莉雅不喜欢这种玩笑。你以后注意一点儿。"

"尚……尚文大人……"

满脸通红的拉芙塔莉雅终于冷静下来了。

好啦好啦，总是惹她生气也不好。

"啊，什么？"

莉西亚歪着头，打量我和拉芙塔莉雅。

"好啦，我们明天可有得忙了。"

说到这里，我突然想到一件事。

"对了，莉西亚，我们之前不是提到过重置等级的事吗？"

"是。"

"干脆不重置怎么样？"

"为……为什么啊？"

"如果要让尚文大人帮忙提升资质的话，我记得应该是从Lv1开始，效果会比较好吧？"

"关于这个问题，在绊的世界里，我也大致上关注了一下莉西亚的能力，这个你们知道吧？"

"嗯。"

我仔细地确认了一下莉西亚的成长情况。

"老实说，现在的莉西亚与在绊的世界时相比，能力上并没有太大的区别，相差非常少。"

"是吗？"

“当然差距还是有的……但是远远比不上拉芙塔莉雅和菲洛那种程度。”

“唔啊啊啊……”

“然后呢，莉西亚，据我推测，今后你的能力会有很大的提升空间……虽然可能会受到等级上限的限制就是了。”

拉芙塔莉雅和菲洛都是在提升等级上限之后获得了一些大放异彩的能力。

菲洛因为有菲托利亚的羽毛，提升等级上限的情况很特殊，得到了各种各样的能力。

不同的资质会在今后造成不同的影响。

虽然莉西亚不太有用，但是也可能在提升等级上限时获得对魔法有正面影响的属性。

“咦，啊！是……是这样啊……嗯，我现在的状态是由树阁下选定的，我也不太想改掉。”

“这样啊……那我知道了。”

就算被对方抛弃了，这家伙还是无怨无悔。这样也好，摊牌的时候才更有意思。

我也不讨厌这样的桥段。

就这样，我们早早休息，为明天做准备。

“好啦。”

我们在城堡里吃了早饭，随意跟女王打了个招呼，就开始做出发的准备了。

“我们去哪里啊？”

“去找奴隶商人吧。”

“岩谷阁下。”

这个时候，女王好像有话要说。

"您是想要去把拉芙塔莉雅小姐的同乡买回来吗？"

"确实是……"

"那我要先道个歉，关于这件事，我们好像引发了一些不太好的后果。"

"……"

是什么呢？我有种非常不好的预感，不禁板起了脸。

老实说，我不太想知道女王接下来要告诉我的情况。但是如果我不接这个话题，对话又无法继续进行下去。

"是什么事？"

"是这样的。灵龟事件之后，赛阿尔特小姐的地位得到平反，我就对包括贵族在内的各界人士下达指令，要求所有人即刻释放赛阿尔特领的亚人们。"

"哦……"

"我们本来以为有拉芙塔莉雅小姐的同乡出面，应该很快就能找到村庄的幸存者，但是……"

我已经猜到女王后面会说什么了。老实说，我根本不想听。

拉芙塔莉雅的脸色也发青了。

"结果却一无所获，调查之后发现，在我们发布释放命令之前，他们就已经被卖掉了，而其中大多数我们根本无法追踪。"

喂！这个国家的腐败真是时时刻刻都在拖我的后腿！

其实我也在网游里做过类似的事情，知道某样东西要贬值的时候，就尽可能提前抛售，所以也不是不能理解这些人为什么会这么做。

但是……真是的，这个情况真让人烦躁。

"我们现在也在调查，岩谷阁下熟悉的那位……魔物商人也在帮忙寻找拉芙塔莉雅小姐的朋友们。"

也就是说，如果奴隶商人不在城里，就是出去找人了吧。

我扶着有点站不稳的拉芙塔莉雅，意识到自己的计划还没开始实施就已经遇到了难关。

“万幸的是，包括基尔少爷在内，目前已经有四个人平安返回赛阿尔特领了。”

包括基尔在内才四个人吗？太少了。

考虑到今后要进行的工作，人手还是必需的。

没办法了。

“总之……现在大概也没资格挑挑拣拣，只能尽量多找一些亚人奴隶了。”

“尚文大人？”

“只有四个人怎么开荒呀？人手根本不够。”

我们接下来要做的事情还有很多。

“这也是没办法的吧，买点便宜又能派上用场的家伙吧。”

“明……明白了……”

“结果还是要买年幼的奴隶啊……”

也要综合考虑将来的发展性等因素。

我一边思考，一边与女王告别，出发去找奴隶商人。

我披着斗篷，一路上尽量避人耳目，久违的再次前往那个帐篷。

“哎呀？”

奴隶商人一派悠闲地坐在门口，正在等着客人上门。

他不是应该去找拉芙塔莉雅的同乡吗？

我摘掉兜帽露出脸来，抬手跟他打了个招呼。

“这不是盾之勇者阁下吗？真是好久不见了。您的丰功伟绩我可都听说了。”

“好久不见。”

“我还以为您早就把我忘了呢。”

“谁能忘记你这家伙啊？”

这家伙的风格太过独特，实在让人难以遗忘。

他可比普通的商人厉害多了。

毕竟他是做这种生意的，给人留下印象可是很重要的。

仔细回想一下……最后一次来照顾他的生意，还是给菲洛买爪子那次呢。

那时我们想用龙刻的沙漏提升等级上限，却受到阻挠，在那之后就再也没来过了。当时他还建议我去希尔拓贝尔特或者希尔多弗里坦呢。

再想想刚才女王说过的话，这家伙该不会背地里和女王有来往吧？

“你也是做了不少事啊。没想到你居然背地里和皇室还有联系。”

“我第一眼看到盾之勇者阁下就充满了好感，这件事可是真心的。”

“行行行。就当你说的是真的。”

“那么，您今天想找什么呢？”

“是你的老本行。”

“哦哦！”

奴隶商人的眼中闪过一道精光。

我不知道他为什么这么兴奋，也不打算配合他。

可能是因为我即使出名了，也还是来找他买奴隶，所以他才发自内心地高兴吧。

“总之呢，我想买便宜的亚人奴隶。等级越低越好。”

“您有多少预算呢？”

钱的方面，在灵龟事件发生之前，我就已经从女王手上拿到了五千枚银币。

“就在五千枚银币之内吧。当然了，你正在找的那些奴隶也包括在内了。”

“这是对新事业的投资啊。”

“这话我之前就说过了，你就不要总是明知故问了好吗？”

我真看不透这家伙到底还知道多少事，就算他说他能预知未来我都信。

“请到这边来。”

奴隶商人领着我们走进帐篷深处。

还要再往里面走的时候，菲洛不肯跟着了。

“怎么了？”

“……不知道为什么，就是不想进去。”

她大概是感觉到里面那种独特的阴暗氛围或者味道了吧。

虽然我已经习惯了，但是这里确实让人不愉快。

“那你要在这里等我们吗？”

“嗯。”

菲洛抽着鼻子，一边闻随机魔物蛋那边传来的味道，一边点了点头。

那里就是我们最初相遇的地方。

我提醒她不要乱吃东西之后，才转身跟上了奴隶商人。

我们就这样跟在奴隶商人身后，来到了当初关过拉芙塔莉雅的笼子附近。

“这里就是改变我命运的地方啊……”

我其实也挺感慨的……回想一下，好像已经是很久之前的事情，又好像并没有过去多久，毕竟连半年都没有呢。

“我会给你优惠的。”

“还挺大方的嘛。”

“一想到您接下来好像又要做很有趣的事，我就忍不住兴

奋啊！今后也会有很多合作的机会吧？”

“大概……吧。”

“托盾之勇者阁下的福，我可是赚了不少呢。”

“这是什么意思？”

“类比神鸟那时候的情况，大概可以了解我的想法了吧？”

啊……拉芙塔莉雅最近的表现也很亮眼。

在联合军中，她的功绩也被广为传颂，如果公众知道这个奴隶是我在奴隶商人手上买的，他确实会大赚一笔。

“可如果拉芙塔莉雅的同乡被卖光了，不就没意义了吗？”

“不不不，这是两回事。”

“总之……”

还是选几个能看得上的奴隶吧。

“这家伙和这家伙，还有那个吧，再加上那边的，以及那个披着毯子的……还有那个。”

我选了两个看起来还挺结实的男孩，还有两个紧紧牵着手，不停发抖的家伙，再加上牢笼深处披着毯子发抖的家伙，以及入口附近紧紧盯着菲洛的家伙。

再加上艾克蕾尔那边还有四个，这样加起来就有十个人了，作为开荒团队正合适。

“对了，我还想在自己的领地上进行奴隶登记，所以得有个会做这事的家伙跟我一起走。要提升奴隶的素质，这个程序是必不可少的。”

“勇者阁下随随便便就把素质好的奴隶都挑出来了，真是让人佩服。”

“唔啊啊啊……”

“尚文大人，是不是应该认真一点选啊？”

“我本来就打算这样，有精神的和有问题的我会各挑一些。

那边那个披着毯子的，快点过来。”

那家伙肯定是状态虚弱吧。我看得出他发抖是因为恐惧。

奴隶商人给出指示后，一个身强力壮的男人打开牢笼，抢走了那个孩子的毯子。

“不……不要……”

“哎呀呀……”

揭开毯子后，我看到一个像鼹鼠一样的家伙。

“这种兽人叫卢莫种，手特别灵巧。原本属于眼睛比较怕光的物种，所以也适合做晚上的警卫。不过这只还很幼小。”

“啊呜呜……”

卢莫种的奴隶吓得直往角落里躲。

拉芙塔莉雅一脸担忧。

我仔细观察了一下这个卢莫种小孩的外表。

一言以蔽之，就是鼹鼠嘛，和狼人的形态相仿，就是人型的鼹鼠。

身高也很矮，也就到我的腰那么高吧。是因为他还小吗?

手很灵巧吗……反正我们今后要做的事情很多，这也没什么问题。

“说到灵巧，您身边的浣熊种其实也不遑多让哦。”

我转头去看拉芙塔莉雅。

说起来，我好像什么都没有教过拉芙塔莉雅，最多也就是让她帮忙处理一下魔物的毛皮什么的。因为她从来没有主动做过这类事情，可能是天生就不擅长吧，算是特例。

“尚文大人是不是又在想什么没礼貌的事情了？”

“也没有……”

“卢莫种很擅长做精细活，性格也很稳重，我很推荐哦。”

我又仔细看了一下瑟瑟发抖的卢莫种。

“我说，你们这个国家，喜欢虐待的人是不是太多了？”

每个奴隶身上都遍布鞭痕。

“这个国家和亚人之间有过很长的斗争史，这也是情有可原的吧。”

“经历过战争年代的贵族，就通过虐待他们来释放自己的压力吗？”

那个虐待过拉芙塔莉雅的贵族也是这样的。

“确实如此，有些地方还有便宜套餐，专门租给别人虐待呢。如果打废了，就需要支付高昂的费用买断了。”

这个国家太阴暗了。

我想要复兴亚人们的村落，恐怕早就已经成了这些贵族的眼中钉肉中刺了吧。

“虐待当然也会受到法律的惩罚。”

“也就是不合法的咯……虽然看起来和合法也没有区别。”

每次看到这个隐藏在街巷深处的帐篷，我都会有类似的感慨。

“这方面，我这里进行的可都是完全合法的生意。”

合法吗？虽然奴隶商人以此为傲，我却不信。

要真是合法，他出售的那些被虐待的奴隶又是哪里来的？

“这么说的话……其实这位倒还真算是比较可信的呢……”

拉芙塔莉雅轻声说道。

她是真的这么想吗？

我看着卢莫种背后的鞭伤……

比预想的还深。这是被鞭打了几次之后，一层叠加一层留下的伤痕。

“中级·治愈。”

受到恢复魔法的影响，卢莫种奴隶的伤口闭合了。

可能是伤势太严重吧，还远远达不到痊愈的程度。

“咦？”

“我问你，你的手是不是真的很灵巧啊？”

“……我不知道。”

卢莫种奴隶把脸扭向一边。

这个答案倒是比明明做不到还说做得到好得多了。

“我教你的话，你愿意做吗？”

“……如果是命令的话，我就做。所以……请不要打我……”

卢莫种奴隶缩成一团，听上去就像随时都要哭出来一样。

不过奴隶就是这么回事了吧。

“我没有那种兴趣。你想挨打的话还是去找别人吧。”

“咦？”

啊，气死我了！

“总之，药由我来提供，先把他们的伤都处理一下，然后就做奴隶纹登记吧。”

“真想看看勇者阁下是怎么安排奴隶的，太让人期待了！”

“好了，你快闭嘴吧！我要先做点准备，这里就交给你了。”

“呵呵呵，真是让人愉悦。”

我把后续事情交给奴隶商人，带着拉芙塔莉雅和莉西亚回到了帐篷的入口。

菲洛看到我们出来就跑了过来。

“结束啦？”

“嗯……不过还要做很多准备工作。在程序都走完之前还有很多事呢。”

我走出了帐篷。

还有很多地方要去呢。

第三话 熟人们

我重新披好斗篷，在城里到处走动。

这次城里受损很严重，到处都残留着灵龟留下的痕迹。

使魔的攻击也造成了很大的损失。

我们来到了目的地的店铺。

太好了，这里看上去没有什么明显的损坏，还在正常营业。

我走进了武器店大叔的店铺。

“欢迎光临。”

“平安无事就好。”

“这个声音……是小哥啊！”

我摘掉斗篷的兜帽，跟大叔打了个招呼。

万幸的是大叔看起来也没受伤，四肢健全。

“你怎么披上斗篷了？”

“不想太引人注目。”

“小哥这下子也是大明星了。”

这就是最大的问题了。

我和树不一样，被人当成大人物热烈欢迎会让我恶心。可能我也有些优越感吧，总觉得这个国家的人不配欢迎我……

但是现在我有很多必须完成的事，所以不想把时间浪费在莫名其妙的事情上。

“走到哪儿都有很多人跟着可是很麻烦的。”

我一边环顾店内，一边跟大叔说话。

“我看你这里好像没受什么损失啊。”

“是啊。出来的魔物都被赶走了。”

“那就好。”

“我看你可不是这么想的。刚才进来的时候，明明一脸遗憾的表情。”

“随你怎么说。”

大叔之前对我照顾有加，我们就这样随意地聊着。

“因为小哥一直没来拿，这东西都落灰了。”

武器店的大叔一边说，一边拿出了一柄小剑。

派克西洋剑

品质:良。

附加效果:敏捷上升，魔力上升，血液清洁油。

啊……这好像是很久以前帮莉西亚定做的武器。

“这次又是要做什么啊？”

这个可能正适合莉西亚。也许艾克蕾尔也能用。

“现在城堡方面不太方便支援我了，武器和防具的制作恐怕也要暂停了。”

“这也是没办法的事吧……虽然内城问题不大，但是近邻几国都损失惨重啊。”

“店里怎么样啊？”

“这次受损这么严重，大家都想买点武器什么的。”

“生意挺好？”

“差不多吧。卖得太好，库存都有点吃紧了。”

“那挺不错的。”

“是吧……不过好东西被不识货的人买走，我的心情还挺微妙的。”

这也是没办法的事。就算不会用，人在觉得自身安全受到威胁的时候，也会想买武器。

这就是那种情况吧。遇到灾害的时候，人就会想要囤积物资；现在处在战乱之中，当然会想要武器防身。

从现状来看，至少没有发生抢夺强占的情况，也算是井然有序了。

“今天就只有这件事吗？”

“说到这个嘛。”

我在犹豫，不知道应不应该跟大叔定一批给奴隶用的武器。

女王那边我已经打过招呼了，可以给我提供旧武器。

但是想要更多的话，从物资储备上来说就比较难了。

考虑到实际的需求……旧武器也会有很多问题。

干脆把这个情况也跟大叔说清楚吧。

“我跟女王要了一块领地，要开始大干一场了。”

不管是制作奴隶的武器，还是其他事情，大叔是能帮上大忙的，至少有尝试一下的价值。

“这和我又有什么关系呢，小哥？”

“如果我说我是来邀请你的，你能明白我的意思吗？”

如果武器店的大叔能到我的领地来，至少就有了一笔收入。

他的技术很好，生意肯定好做。

“我已经有这家店了……”

“这我也知道。我不会勉强你。也许……你愿意收几个弟子呢？你考虑考虑吧。”

“啊，原来是这么回事……那我就明白了，小哥。不过话说在前头，我的技术还没有好到能教徒弟哦。”

他这就算是答应了。以后有手脚利落的家伙，就可以送来给大叔做徒弟，学习他的技能了。

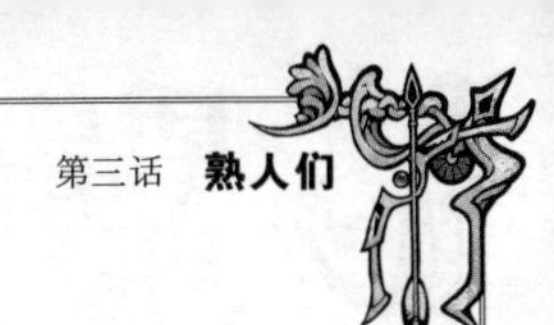

技术是能变成钱的。当然我也没想抢师父的饭碗。

“别谦虚了，我很信任你的技术。”

“哈哈，我会努力不辜负你的期待。”

“我要开展自己的事业了，总之先跟熟人们都知会一声。地方是在——”

我把自己的领地位置告诉了大叔，还有作为据点的村庄之类的都说清楚了。

等我的事业发展壮大了，加入的人也会越来越多吧。

我再从这些人中选出值得信赖的家伙，收益也会越来越高。

从距离上来说，我的领地离内城也不算远。

“大家都很担心小哥你呢，这次的机会也不错，可能有人愿意加入哦。”

“大家都有恩于我，真来的话我也不会亏待大家。尤其是大叔你，我一定会优待的，你考虑考虑哦。”

“知道啦。”

稍微聊了几句之后，大叔凝视着我。

“你还有其他事情吧？”

“能看得出来吗？”

“因为你每次来都不会只有一件事要做啊。”

“是吗……”

虽然我不太想让别人看到我这副模样，但还是脱下了身上的斗篷。

大叔一看就明白了。

“这是什么？”

大叔看着我身上的蛮夷人的盔甲，露出不解的神色。

我脱下盔甲放到柜台上。

“我们追着让灵龟失控的犯人去了另一个世界。一到那边，

蛮族之甲就失效了。我就找那边的锻造师帮忙改造了一下，名字也变成了“蛮夷人的盔甲”，结果回来这边之后又不能用了。”

大叔仔细地观察着“蛮夷人的盔甲”，不停地摆弄各个位置，看看有什么反应。

“作为核心的部分没什么问题……其他的就需要详细检查才能弄清楚了。”

“有办法吗？”

“我觉得总能找到办法的。给我点时间吧。”

“那我就期待有个好结果了。”

“我这家店可是小哥的专属武器店呀。而且现在还有那个怪物的材料，顺利的话，说不定能派上用场呢。”

灵龟的材料现在可是要多少有多少。

一想到这些都是奥丝特留下的馈赠，总觉得有点愧疚。

“你预算够的话，我倒是可以试着多做点东西。”

“可以吗？”

“小哥的委托和别人怎么能一样呢？而且面对未知的材料，人的好奇心也是无穷的啊。这东西一定是个技术特别好的人做出来的。”

“哦。”

没有收钱还能替我考虑这么多……武器店的大叔真是一个心胸宽广的人，我得找机会报答他。

老实说，我非常希望这样的人才能到我的领地做锻造师。

虽然刚才他没有接受我的邀请，但等到领地的建设完成之后，我一定还会再来找他的。

“总之我会优先处理盔甲，然后再做盾牌，不会耽误小哥事情的。”

“好。实在不行，我还能复制盾牌。”

“你脑子还挺灵活的嘛。那盔甲就先留下吧。”

“交给你了。”

“好嘞。”

大叔把镶嵌在盔甲上的核心取下来交给我。

“核心还是小哥先拿着吧。”

“没关系吗？”

“等弄完了再镶上就行。钱也可以到时候再付。”

“那可太好了。”

“这段时间小哥有什么打算啊？”

“暂时就穿城堡里的旧盔甲吧。总之就拜托了。”

“好嘞！还有别的吧？”

我点了点头。

“还有就是……”

我把仙女的胸甲和拉芙塔莉雅穿过的巫女服都放在了柜台上。菲洛的玩偶服应该怎么办呢？这次先不管也行吧。

“这是什么？胸甲和巫女服？”

“这是我们在异世界用过的防具，现在都和盔甲一样不能用了，看看能不能想想办法吧。”

毕竟这几件都是相当优秀的装备。

而且这还关系到拉芙塔莉雅的着装风格，所以我明知道有点强人所难，但还是对大叔提出了委托。

“这件是用菲洛的玩偶服改的，还有菲洛现在穿的睡衣也是，不过都还能正常发挥效果，所以没什么问题。”

“都是棘手的东西啊。这件巫女服是小姑娘穿过的吗？”

我点了点头。凑到大叔耳边用拉芙塔莉雅听不到的细小音量说道：

“她穿着实在太合适了，所以我希望在这个世界她也能继

续穿。能不能做到让她只有这件装备，没有别的选择呢？”

“原来是存着这种心思……”

结果还是被她听到了。早知道就等拉芙塔莉雅不在的时候再说了。这是我的失误。

“小哥，你就那么喜欢看小姑娘穿巫女服吗？”

“就是这样。这个话说起来就长了，我能一直说到半夜。”

“请不要说。”

“可能这种服装在小哥去的那个世界能作为优秀的防具吧，但是在我们这边就比较受限制了，甚至基本上都属于裁缝店的业务范围……”

啊，那个帮菲洛做过衣服的宅女就是裁缝吧。

看起来她也过得还不错。

“这些就先放在我这里吧，不过你也不要抱太大希望。”

“知道了。你尽力而为就行。”

“尚文大人，你最近是不是把我当成换装娃娃了？”

“你要理解一个有女儿的父亲的心情。”

“尚文大人，你在说什么——”

我随便敷衍了两句，避开了拉芙塔莉雅的质疑。

真期待大叔的成果啊。

“大概就是这样了吧，等钱存够了我会再来的，到时候就拜托了。”

“好嘞！小哥的盔甲大概够我研究一阵子了。”

“那我就期待你能做出好东西啦。”

我们就这样离开了武器店。

第四话 E悬浮盾

“接下来……”

去找女王谈谈今后的方针也不错，反正也得找她要那些旧装备。我们返回城堡，打听女王此时身在何处。

她好像刚开完会，正在房间里整理文件。

我们在房间里见到了女王，她面前的桌子上堆着大量文件。

“女王。”

“是岩谷阁下啊。怎么了？”

“仓库里的储备可以给我一些吧？”

“嗯，这个没问题。但是经过最近这场战斗，很多装备都有些损耗。”

“这我知道。就是看看如果有你不要的，我准备拿到领地去用。”

还得找时间亲眼去看看都是些什么样的储备。

“对了，拉芙塔莉雅、菲洛、莉西亚……”

“什么事？”

“你们现在就往马车上搬一部分吧。这批是准备在领地内使用的，所以选些轻便的装备就好。还要拜托菲洛，接下来的一段时间你就定期用马车运送东西吧。”

“好！”

拉芙塔莉雅她们点头表示明白，先一步到仓库去了。

菲洛现在也受到诅咒的影响，状态比较虚弱，我也不知道她有没有能力运送比较重的东西……

要不要再养一只菲洛鸟呢？

“对了，我本来也正想找岩谷阁下呢。灵龟的材料已经都放在仓库前面的训练场上了，您去查收一下吧。”

“知道了。”

我与女王道别，前往城堡的仓库，然后就看到灵龟的材料像山一样堆满了训练场。这个描述毫不夸张，就是字面意思。

“喂喂喂……”

这座材料山有点血腥，看上去还挺吓人的。

只不过，我和灵龟之间又有一段渊源……感觉很复杂。

就在我的思绪飘到这里的时候——

“怎……怎么了？”

灵龟的材料发出淡淡的光芒，自行进入了我的盾牌！

灵龟龟甲盾的解锁条件已经激活。

灵龟龟皮盾的解锁条件已经激活。

灵龟龟肉盾的解锁条件已经激活。

灵龟龟骨盾的解锁条件已经激活。

灵龟龟血盾的解锁条件已经激活。

灵龟体液盾的解锁条件已经激活。

灵龟免疫细胞盾的解锁条件已经激活。

灵龟肌肉盾的解锁条件已经激活。

灵龟心脏盾的解锁条件已经激活。

灵龟心肌盾的解锁条件已经激活。

灵龟血管盾的解锁条件已经激活。

灵龟心脏之眼盾的解锁条件已经激活。

灵龟龟瞳盾的解锁条件已经激活。

灵龟神节盾的解锁条件已经激活。
灵龟的使魔（蝙蝠型）盾的解锁条件已经激活。
灵龟的使魔（雪人型）盾的解锁条件已经激活。
……

与灵龟之心盾连接！

强制解锁！

一整个灵龟系列的无数盾牌完全解锁了，防御力全都很高。

也就是说……所有灵龟的盾都自动解锁了。

灵龟之心盾可真厉害啊！

在我的视野内，灵龟系列盾牌列表的背景画面中，还能看到灵龟的形象。

我看看内容写了什么……

哦？我找到了已经全部解锁并可以使用技能的盾牌形态。

灵龟龟甲盾 0/40 C
已解锁……装备增益：技能“E悬浮盾”。
专用效果：重力领域，C灵魂愈合，魔法防御（大）。
熟练度：0

E悬浮盾啊……E是气波的简称吗？

这是什么样的技能呢？

我尝试着把盾牌变换成灵龟龟甲盾形态，吟唱了技能。

“E悬浮盾！”

我的视野中随之浮现了ON的字样，空中也出现了一面盾牌。

……果然是和气波盾差不多的东西吗？

我一边想一边靠近……但是盾牌也在随着我移动。

怎么了？这个盾的位置是相对我的位置来定的吗？

从范围距离来说，大概在气波盾和流星盾之间吧。

我一边想，一边测试技能的持续时间。

盾牌一直没有消失……持续时间很长嘛。

就在我陷入思考的时候，眼前的E悬浮盾开始旋转了。

什么情况？好烦啊，让开。

就在我产生这个想法的同时，盾也随之让开了。

这个魔法盾可以移动到我指定的地方，挺方便的。

比形态变换还方便呢。只不过形态变换还有拘缚敌人的效果，使用上还是有所区别的。

技能范围大概是一米。

有ON和OFF的设定，也就是属于开关类的技能了吧。

SP方面……固定每隔三十秒会消耗很少的量。

消耗倒是不大，尤其SP在不使用技能的时候还能自动恢复，至少不会导致SP不足。真不愧是用灵龟材料解锁的盾牌啊。

“形态变换。”

我用了形态变换之后，E悬浮盾也能配合变成其他形态。

哦哦……这个技能还挺方便的，不过只能召唤一面盾牌，数量上是有点少。

至于其他盾牌……虽然性能都很好，但是附带的都是和基础状态有关的技能，要不然就是提升耐性的。

因为和灵龟之心盾连接在一起，每种形态的属性应该都得到了提升。

只不过，完成了自己的使命之后，灵龟之心盾本身的基本属性也有所下降。

一想到它已经努力坚持了这么久，就觉得现在这样也是无可厚非的。

“尚文大人！”

我试过盾牌形态后开始休息，拉芙塔莉雅她们跑了过来。

“都准备好了？”

“是的。接下来就可以去奴隶商人那里了。”

“好，那我们走吧。”

“是！”

菲洛变成了菲洛鸟的形态，开心地拉着马车。

我看她腿脚好像挺用力的，基础能力的降低果然让她的力气也变小了啊。

“哦？你们已经准备好了？”

女王慢慢地向我们走了过来。

“差不多吧。剩下的东西就给我们送到领地去吧。最近也该准备点肉给他们吃了。”

等到奴隶们的等级开始提升，伙食费就会变成一笔巨大的开销。

虽然我也不是完全无法获取食物，但是接下来要做的事情还有很多，首先就要从收拾领地残局开始。

“那我就派一部分士兵支援你们吧，你可以随意指挥。”

“啊，太感谢了。那我这就去做准备了。”

“有什么事情尽管跟我说，我一定会竭尽所能提供帮助的。”

“知道了。总之现在最重要的是建设物资和戒备盗贼。我们今晚就出发，请帮忙做好准备吧。”

勇者用马车带走了几个奴隶，这说出去也不好听，所以还是晚上动身比较好。

菲洛虽然是鸟，但夜间视力很好，所以晚上行动没有什么

问题。

“明白了。”

得到女王的同意后，我点了点头，离开城堡，再次前往奴隶商人的帐篷。

等到做好奴隶纹的登记，奴隶们还在不安地发抖。

这个时候，还是应该严厉地给他们指令比较好吧。

拉芙塔莉雅刚来的时候也很胆小，菲洛则是任性妄为。

人手一下子增加了不少，我要灵活运用之前积攒的经验。

“今后你们就都是我的奴隶了。只要你们听话，我也不会对你们做什么。但是——”

如果态度太好，可能反而会被他们小看。

“我不喜欢偷懒耍滑的人。如果你们不好好工作，我会毫不犹豫地把你们卖掉。记住我的话吧。”

配合着我的宣言，奴隶商人命令他的部下敲响了像铜锣一样的乐器。

谁让他做这种事的啊？你看吧，奴隶被吓到了。

啊……也可能是被我吓到了。

“咦啊啊啊！”

很好！他们都很害怕！

“啊，怎么这样……又被误会了……”

“唔啊啊啊。”

“另外我还想到处做生意，想要能搭乘物品的魔物。”

“那我再送你几只菲洛鸟吧！”

“不，不是这个意思。菲洛鸟再来一只就行了，这次我还想要其他种类的魔物。”

“不喜欢菲洛鸟吗？”

“最好是他们几个也能操控的魔物，还要能用来耕地的。”

我在城里也经常能看到，街道上不只有马和菲洛鸟，还有牛以及像虫子一样的东西在拉车。

而且，我再养菲洛鸟……不就会有好多菲洛了吗？

“主人，肚子饿了——”

我只是设想一下好几只菲洛鸟一起说这句话的场面，就有点不寒而栗。饶了我吧。就算以后要养，也得一只一只来。

而且要养好菲洛鸟，就必须得严格管理才行。

虽然从战斗力的角度来考虑倒是很不错，但是我现在还处于打基础的阶段，要成群地饲养那些大胃王还是太困难了。

就算灵龟的肉还有很多，我也不能一直留在内城喂鸟。

如果不按照程序一步一步稳扎稳打，我可以想象最后一定会管理混乱，陷入债务的泥沼。

“原来如此……那我来处理吧。”

“交给你了。”

“从蛋开始孵化可以吗？还是想直接购买成熟个体呢？蛋还是比较便宜的。”

“现在这种情况，买蛋就可以吧。”

“明白了。”

奴隶商人向陈列着魔物商品的帐篷走去。

等待的时间里，我开始设置奴隶的条款。

唔……仔细一看，工作上的禁止事项也是可以设置的。

然后再仔细考虑让他们做什么工作吧。

我看了看帐篷外的天色，太阳就要落山了。

“莉西亚，我要交给你一项任务。”

“是……什么？”

“今后你要和拉芙塔莉雅、菲洛一起帮我培养这些买来的奴隶和魔物。”

“啊……哦……”

“就由你来带领大家吧。”

像莉西亚这种各方面素质都很平均的人，只要学会分析情况，其实很适合做领导者。

反正有拉芙塔莉雅和菲洛在旁边做护卫工作，我可不想培养只有等级高却不适合战斗的人。

单纯积累战斗经验其实也是有意义的，所以我想慢慢让拉芙塔莉雅和菲洛脱离战场，再让莉西亚在这个环境中体会到无法用等级来衡量的强大。

“当然了，变幻无双流婆婆那边的修行也不能松懈。”

“是！我会‘努地’啊——”

她又咬到舌头了。真是的……

“按照盾之勇者阁下的要求，我拿来了魔物的蛋。”

奴隶商人带着几颗蛋回来了。

“啊，谢啦。那么接下来……”

嗯，还有件事必须要做。

“在此之前……”

我转过头，对搓着手的奴隶商人说道：

“先做顿饭吧。”

我拿出菲洛带来的灵龟肉，在帐篷里做了一顿饭。

有基本的烤肉，也有汤和火锅。

因为用的材料是灵龟肉，味道有点奇怪。

“哦！好吃！”

“这是什么？比我妈妈做的还好吃！”

“嗯！为什么啊？”

“尚文大人可是特别会做饭的哦。”

“嗯！菲洛最喜欢吃主人做的饭了！”

奴隶们都一团和气地狼吞虎咽。

“这太绝了。勇者阁下亲手做的饭，太好吃了。”

不知道为什么，连奴隶商人和他的手下也混进来蹭吃蹭喝。算了，跟他较真就输了。

虽然我本来没打算让他们吃，但是毕竟用了人家的地方，所以我决定还是不要计较了。

“只要你们好好遵守约定，以后还有得吃呢。都给我好好干活。”

奴隶们一边吃，一边点头。

这就类似于提前庆祝吧。

毕竟接下来就要大干一场了，所以大家都不能缺乏营养。

我们就这么吃了一顿饭。之后，我带着一群奴隶、奴隶商人和他的手下，在夜色中离开内城，向着自己的领地出发了。

第五话 赛阿尔特领

菲洛拉着马车，我们在夜色中缓缓前进，终于在早上抵达了拉芙塔莉雅她们那个村子附近，也就是我的领地。

“主人，到了哦！”

据女王所说，艾克蕾尔她们现在并不在拉芙塔莉雅住过的村子里，而是在附近的城镇中。

过了一会儿，我们就来到了一座荒凉的城镇。

“啊……”

就在城镇的入口处，我看到了国家士兵……其实就是第二次浪潮时说过想和我一起参与战斗的少年士兵。

“盾之勇者阁下！”

“好久不见啊。”

“是啊！其实和灵龟战斗的时候我们也跟着去了，只是没有机会说话……”

居然能从那么惨烈的战斗中生还，真是值得称赞。

那场激战中有很多人牺牲，参加的人都心有余悸。

“事情我已经知道了。阁下现在是要去见艾克蕾尔大人和梅尔媞大人吧？”

“是啊，我觉得还是先打个招呼比较好。”

“那请跟我来。”

我们跟着士兵，走进了已经化作废墟的城镇之内。

不知道是不是因为浪潮，这里到处都是损坏的建筑物——要么已经成为废墟，要么只是暂时还能住人。

这座城镇看上去倒也不太大。

官邸也很普通，与其他城镇相比，谈不上有多宽敞。

少年士兵和门卫说了几句，对方就爽快地开门放行了。

“哟！哈！”

一进门，就听到院子的方向传来呼喝声。

我下了马车，直接往院子走去。艾克蕾尔、婆婆、基尔还有三个不认识的小孩好像正在修行。

“岩谷阁下！”

艾克蕾尔发现有人来了，中止了练习，挥手和我们打招呼。

“啊，是小梅尔的味道！”

菲洛扔下马车就向官邸里跑。

“状态怎么样？”

“用盾的大哥哥，好久不见啦！我都听说了，你们到异世界去抓犯人了，是吧？”

“是啊，我们已经把那个人解决掉了。我等会儿再跟你们讲他的下场。”

“可恶……我也想去呀！”

基尔懊恼地跺着脚。

你没去成，是因为你自己战斗不用脑子，只能去治伤。

“基尔，你的伤势没问题了吗？”

“早就没事了！因为大哥哥处理过，而且伤口其实也不深。”

“好久不见啦，基尔。”

拉芙塔莉雅微笑着靠近基尔。

基尔身边的那几个小孩子突然吃惊地后退了几步。

“你们可别太吃惊哦，她是拉芙塔莉雅！”

“不可能……”

“她是拉芙塔莉雅？”

“完全不像一个人。”

“拉芙——”

就在这个时候，小拉芙爬上拉芙塔莉雅的肩膀叫出了声。

“啊，听起来像拉芙塔莉雅的声音。”

“这是谁？”

“这是什么生物啊？为什么能发出拉芙塔莉雅的声音？”

“那个……你们就不要在意它了。”

“它是用拉芙塔莉雅的毛发做的式神……在我们这边应该叫使魔吧？名字是小拉芙。大家好好相处吧。”

“嘿！是拉芙塔莉雅的分身！”

“基尔！请你不要这样说。”

拉芙塔莉雅那边正在和自己的旧相识寒暄，我找艾克蕾尔和变幻无双流的婆婆说话。

“事情经过是怎样的？你们也想重建这里吧？”

“嗯……关于这件事……”

艾克蕾尔的情绪突然低落了。

“门徒艾克蕾尔虽然很认真地修行……但是城镇复兴的事却没什么进展。”

“哦……”

就连婆婆都看出来了，重建城镇的事情进行得并不顺利。

我记得梅尔媞也是为了这个来帮忙的吧。

“虽然我想继承亡父的遗志，重新让这片土地繁荣起来……但是连人都没有召集到多少，估计会花费很多时间。”

“只靠父辈的影响，能做到的事情还是有限的。而且这里也被三勇教荼毒得很严重。”

“……”

包括拉芙塔莉雅的父母在内，村子里原本生活的人也有不

少已经去世。我还听说，这里遭受过奴隶狩猎的洗劫。

“如果之前生活在这里的人死了很多，那回来的人当然就没有多少了。还有那些被卖去当奴隶的，他们在被国家救回之前就被转卖了。你们现在也在追查他们的去向吧？”

“是的……我们在想办法尽量把他们找回来……”

“那你准备把他们找回来干什么呢？比如说找到了十个人……不，就算是二十个人吧，你就准备把他们丢在这个废墟一样的地方，让他们立刻准备重建城镇？”

“……”

艾克蕾尔沉默了。

居然被我说中了吗？就不能有点远见吗？

“唉……”

我忍不住叹了口气。

艾克蕾尔这家伙，做事非常认真，作为骑士是很优秀的，却缺乏当领主的能力。

“对了，那个保护了基尔的优雅男到哪里去了？或者皇室派来的干部也行啊。得有人教教这个人怎么重建才行啊。”

我指着艾克蕾尔喊道。

“你说什么？”

就在这个时候，菲洛把梅尔媞拉了过来。

“小梅尔，主人在这里呢！”

“小菲洛，你冷静一点，我已经知道了。”

“梅尔媞啊，你来得正好。居然把管理领地的重任交给这家伙，你们脑子有问题吧？”

“刚一重逢就说这个吗？”

“你是觉得我有哪里不好啊？”

艾克蕾尔不高兴地皱起了眉头。

“这个啊……我觉得梅尔媞应该也看得出来吧。艾克蕾尔，你根本不知道身为一个领主应该做什么。”

“你说什么？”

“我当然也不是很了解，但是我至少知道要经营一块领地，维持生活最需要的是什么。”

我伸手示意艾克蕾尔坐下。

梅尔媞也委婉地示意艾克蕾尔先坐下再说。

至于拉芙塔莉雅她们，就先让她们继续联络感情吧。

接下来就要忙碌起来了。

“首先，要经营一块领地，并不是只要有土地就行，重要的是居住在这里的人。”

“这个我知道啊，所以我才想把以前住在这里的人找回来。”

“现在就是在说，你把他们找回来要做什么。”

我在地上画人，标上了人数。

“要复兴一块领地，必需的是人手，还有衣食住行！”

首先是保证粮食供给。在异世界可以直接抓魔物吃，所以获取食物还是比较节省时间的。接着就是生活据点，也就是房子，然后就是衣服……在异世界里，这个项目中还包括装备。

“人手方面，艾克蕾尔想优先找回原本就住在这里的人，以及因为种种原因失散的人，这一点我同意。但是这太难了，实际上根本不会有什么进展。”

“这……我也知道啊。梅尔媞公主就负责指挥相关事务。”

“虽然是这么说，但现状就是没有召集到足够的人手来参与重建。按照母后的想法，尚文过来之后，希尔拓贝尔特方面应该也会支援。”

“可能事情确实会如此发展吧，但还是要更现实一点。我们的时间是有限的，所以只能用更有效的方法。”

唉……算了，反正这里也不是拉芙塔莉雅的故乡小村落，我也没有必要干涉太多。

“虽然我不知道在这个国家贵族承担了什么样的责任，但现在最重要的是营造安心的生活环境，所以我们必须要让这片荒凉的废墟重新繁荣起来。”

艾克蕾尔也被我说服了。

“我不在的这两周多内，你就只是在修行吗？”

“……基本上就是这样吧。”

“不是！我是和基尔他们一起在想办法召集人手！”

“我给母后提过建议，她也派了优秀的手下过来，建筑物的修复也在进行中。”

梅尔媞是据实以报的。

总之，该做的事情他们还是一点点在做的。

“按照你们的计划，城市重建之后才能轮到旁边的村落吧。”

梅尔媞和艾克蕾尔都点了点头。

“唉……算了，你们就按照自己的想法做吧。虽然我现在是领主，但城镇这边的重建工作还是交给你们吧。”

“咦？尚文你不帮忙吗？”

“我准备负责重建旁边的那个村落。在此基础上也需要和你们合作，所以这件事才不能假他人之手啊。”

我也没必要站在比梅尔媞和艾克蕾尔还高的位置上指挥全局。只要大家齐头并进，各做各的就好了。如果我那边的村落能顺利重建，城镇这边自然而然也会有人气的。

“就是这么回事啦。”

我打了个响指，奴隶商人和他的手下也从马车上下来，把基尔身边的三个人都抓住了。

“你……你们要干什么？”

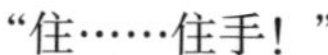

“住……住手！”

“啊，你们果然都有这个经验啊。”

毕竟都是做过奴隶的人。

“用盾的大哥哥！难道你……”

“啊，基尔已经经历过了。没错，你们几个得重建自己的村落。为了实现这个目的，就要成为我的奴隶，提高自身能力。”

“虽……虽然我明白……”

“尚文大人！这么强硬还是有点……”

拉芙塔莉雅一脸担心地对我说道。

“没问题，这只是个形式。”

“不！我不想再当奴隶了！”

小孩们拼命抵抗，但是奴隶商人的手下不肯放开他们。

“岩谷阁下！”

“你们以为，只是做做慈善，村庄就能回来吗？你们要在这里干等着，看艾克蕾尔和梅尔媞重建你们的家吗？你们觉得光靠这样……村庄就真的能自己回来吗？”

小鬼们被我问得说不出话来。

没错，他们自己其实很清楚，失去的人是不会再回来的。

只靠艾克蕾尔，现状不会有任何改变。

“只要成为我的奴隶……就能像在灵龟一战中大显身手的拉芙塔莉雅一样变强。”

“我也听过传言……他们说的是真的吗？”

“基尔也变得比以前强了吧？”

“和基尔分别也没多久，他看起来确实强大了不少。”

“的确……我就是当了用盾的大哥哥的奴隶，提升了等级。”

基尔骄傲地说道。

“还因为太鲁莽把自己搞进了医疗院。以后可别这样了。”

“嗯！都是因为我太鲁莽才被单独留下来的！我以后绝对不会了！”

“就是这样啦。换个说法，你们现在就是被盾之勇者选中的人，乖乖当我的奴隶……不对，是成为勇者的使者，开始重建村庄的工作吧。”

“话都说了一半，才想起来换了个名词啊……”

“菲洛也是勇者的使者吗？”

上下关系可是很重要的。毕竟这个世界上有很多懒惰的人，他们可能还觉得，坐着等就能得到和平的生活，我不能完全排除这个可能性。

“虽然我不一定非要你们几个，但是，如果你们什么都不做，遭遇不幸的时候也不反抗，早晚还是会变成别人的奴隶。”

“用盾的大哥哥……我明白了！我要跟着大哥哥一起！”

基尔走到我的面前。

虽然我之前说的话也有一定作用，但是此时此刻，这家伙的态度也对局势产生了影响。

“我想找回我们的村子！”

“这个回答不错。你们几个呢？”

听我这么问，拉芙塔莉雅的几个同乡互相看了看身边的伙伴。

“尚文虽然说话不好听，但还是挺会照顾人的。”

梅尔媞也帮我说话。

“老实说，把他们几个养在这里，我也快要无法坚持了。最好是可以跟着尚文早日独立，这也是我们的想法。”

“梅尔媞公主……”

听梅尔媞这么说，艾克蕾尔仔细思考了一下，也点了点头。

“这也不错啊。既然尚文都已经来了，我们也应该做好自己该做的工作，大家互相帮助，一起重建领地吧！”

“……明白了。拉芙塔莉雅的朋友们，你们几个可以自己选择，我们也会尽力帮忙重建的。”

艾克蕾尔说完之后，拉芙塔莉雅也向前一步，给自己的朋友一些建议。

“呃……我觉得，与其就这么袖手旁观，还不如我们自己来重建村庄更好。你们觉得呢？”

拉芙塔莉雅转头去看村子所在的方向，伸手指着房顶上飘扬的旗帜。

“那个时候我们失去的旗帜……现在就在我们的眼前。我想和大家一起取回我们的容身之所……取回我们自己的旗帜。大家都来帮忙吧！”

她的朋友们听她这么说，稍微考虑了一下……

“嗯！明白了！”

“拉芙塔莉雅虽然外表变了，性格倒是一点都没变呢！”

“是啊。以前在村子里的时候，她也是这么说话的呢。”

“好。一起拿回我们的旗帜吧！”

“哦！”

奴隶商人脸上的表情有点奇怪，看来他不太适应这种气氛。

“那我们就进行奴隶纹的仪式吧。”

“我要让你们给我当牛做马。真期待啊……呵呵呵。”

奴隶商人听到我嘀咕的内容，又兴奋起来。

“我又有动力了。先给他们希望，让他们心甘情愿地卖力，真是让人佩服的计划。”

这家伙到底是太单纯呢，还是喜欢看到他人遭遇不幸呢？真看不懂他。

总之，这样我就算正式从艾克蕾尔手上接管了领地，可以向村子进发了。

第六话 驯养

除了拉芙塔莉雅和莉西亚他们几个之外，我对其他奴隶的管束都很严格，如果他们不认真工作，我可以迅速发动奴隶纹。

第一天，我们带着奴隶，准备清除损毁建筑物残骸。

“这是我的家啊！”

基尔提出了反对意见。

虽然这里原本是基尔的家，但是破损的建筑物会成为重建的障碍。

“你重视自己曾经生活过的地方没问题，但是这栋房子房顶塌了，墙壁也破坏得很彻底。虽然很遗憾，但有些房子可以修，有些已经失去了修理的价值，希望你能理解。”

我们查看了一下，想看看有没有值钱的东西，或者有什么还能用的，结果保留下来的物件基本上都生锈了，没什么有用的东西。

旁边的水井倒是还能用。

至于田地……应该还有办法投入使用。

“我也能理解你想保留自己回忆的想法，但是既然我们要重建村子，这些东西会妨碍我们，只能舍弃掉了。”

“可是——”

“基尔！请你别再这么任性了。”

拉芙塔莉雅也开口劝说。好吧，我没必要插手了。

“这里是你曾经生活过的地方。”

“是啊！”

“那这样吧，在这里重新修建的房子就给你。只不过，新房子会成为由你管理的共同住宅。我们还会找回更多的人一起生活，你要负起责任，管理好这个地方哦。”

“唔……嗯……”

基尔含糊地答应了。

“就这样吧……来吧，菲洛！”

“来啦——”

就在基尔暴露出破绽的那个瞬间，菲洛对废弃住宅发动突袭，一脚踢飞支柱弄垮了房子。

“啊啊啊啊！”

我没理会呆愣在一旁的基尔，接着进行下一项工作。

在中午之前，女王派来的支援士兵和送的建筑材料都到了。

石材和木材，还有……那是石膏吗？

“现在是盾之勇者阁下负责重建这里吗？”

这些士兵应该也是从艾克蕾尔和梅尔媞那里听说的吧。

“是啊，我想在天黑之前造出个有屋顶的地方。虽然很强人所难，但还是要麻烦你们了。”

“就交给我们吧。”

“拜托了，总之盖房子的事情就交给士兵。拉芙塔莉雅和菲洛，还有莉西亚……”

“在。”

“什么事？”

“有什么事啊？”

听到我的呼唤，三个人都给出回应。

“现在就开始做午饭吧。你们几个吃完饭，就带着奴隶们一起去打魔物。”

“明白了。”

“嗯。”

“我会加油的。”

“你们自己分组吧。一组的人数太多，每个人得到的经验值就会变少。”

我没有实际测试过，所以也不知道组队作战的时候每个人能得到多少经验值。

这种情况下，经验值会按照人头分配吗？还是每个人都能获得总额经验值？其实我也不知道。

“有没有人对这种情况有经验的？”

“呃……”

莉西亚有点不好意思地举起了手。

“这种时候果然还是莉西亚最可靠啊。你说说看？”

“那个……组成队伍的所有人都有经验值。虽然会因为资质和等级的不同各有区别，但是总体是公平分配的。队伍的人数最多是六人，超过这个人数的话，得到的经验值就会减少。”

啊，你就是因为这个才被树踢出队伍的吧。

不过，如果我把这句话说出口，她又要“唔啊啊啊”地乱叫，所以我没有说——那样太吵了。

多人一起远征的话，只要分出小队好像就没问题了。反正只要保证每个小队不超过六个人就行。

“还有空位的话，可以把艾克蕾尔和婆婆也找来一起去。”

“嗯，我们来分配人手吧。”

我把权限转让给拉芙塔莉雅，让他们自己分队。

现在奴隶一共有十人，莉西亚带四个，拉芙塔莉雅和菲洛每人带三个。

基尔现在的战斗力也算高了，他好像加入了莉西亚的队伍。

“现在要做饭了，大家都来帮忙吧。”

“是！”

三个人都在自己力所能及的范围内忙活起来。

“拉芙塔莉雅不帮忙吗？”

基尔已经重新振作起来，看着我在那里做准备工作，转头去问旁边的拉芙塔莉雅。他振作得这么快，我倒是有点意外。可能毕竟还是小孩子吧。

“拉芙塔莉雅不是很会做饭吗？”

“拉芙——”

“呃……”

拉芙塔莉雅尴尬地看着我。怎么了？她希望我说什么呢？

可能是想在朋友面前表现一下吧，拉芙塔莉雅试探着开口问道：

“要我帮忙吗？”

“嗯？真少见啊。你不喜欢的话，不做也没关系的。”

“不是……只是因为尚文大人手艺太好了，我总觉得没什么能帮得上忙的地方……”

“……这样啊。那你处理一下这些肉吧。用眷属器的刀切出来的肉，好像会比用普通菜刀切的好吃哦。”

“知道了。”

拉芙塔莉雅也来帮忙了，今天做什么菜呢？

最适合的可能就是烤肉了吧。

“肌腱的部分口感不好，要仔细挑掉。虽然还没有达到绊那种水平，但是你既然会用解体技能，肌腱的部位还是能找到的吧。”

“是的。”

除此之外，是不是还应该再做点炖菜呢？炖肉会有血沫，处理起来还是有点麻烦的。

手头的材料不多，能做出来的菜式种类自然也受到限制。

虽然用蔬菜也可以……但是不管做的菜多精致，奴隶们反正也是牛嚼牡丹。

嗯，虽然有点浪费，但是难得拉芙塔莉雅也来帮忙，干脆就撒点香料做烧烤吧。

“已经有香味出来了。”

“还行吧。再做点汤吧。”

“好。”

我把肉放进锅里炖，做成肉汤。

“拉芙塔莉雅。”

“怎么了？”

“我还想再做点汉堡排，你帮忙剁点肉馅吧。”

“啊，好的。”

我们手脚麻利地做着饭。

这么一想，我好像真的没有和拉芙塔莉雅一起做过饭。

我知道她和父母学过做饭，现在一看，手法也确实不错。

“你跟父母学过什么拿手菜吗？”

“虽然也不是完全没有……但是现在没有材料。”

“那等有材料的时候，就做一次试试吧。”

其实，吃到女孩子亲手为我做的饭菜，也是我的一个梦想。

只不过我认识的女孩子都是不会做饭的……

我还挺期待能尝尝拉芙塔莉雅跟她父母学做的菜，不知道是什么味道呢。

“我……我总觉得如果做菜给尚文大人吃，会被挑出很多毛病，有点害怕……”

哦？拉芙塔莉雅居然给出了一个出乎意料的回答。

“我是美食评论家吗？”

“不是吗？”

“不是啊。”

我从来没对别人做的饭菜挑三拣四过。

拉芙塔莉雅脑海中的我，到底是个什么形象呢？

虽然我很想尽量接近她理想中的形象，但是美食评论家什么的还是算了吧。反倒是她和菲洛更接近美食评论家的立场吧？尤其是菲洛，对食物的味道相当挑剔。

“那……我下次试试。”

“好，我很期待。”

“拉芙。”

小拉芙几步跳上拉芙塔莉雅的肩膀，再叫上几声，这几乎已经成了它的固定行为模式。

“这是我和拉芙塔莉雅一起做的饭，大家赶紧吃完出发吧。”

“果然很好吃！”

“嗯！真好吃！”

奴隶们全都笑容满面地吃起饭来，就连帮忙建造房屋的士兵们都来吃了。

“和这烤肉一比……我以前吃过的都是什么啊！”

“不可能吧？这是用灵龟肉做出来的？我们在城堡的时候也吃过呀，根本没有这么好吃。”

盾的调整效果可不是开玩笑的，再加上拉芙塔莉雅的刀也有类似的效果，最后的影响可是一加一大于二的。

烧烤用的肉之前我还用香料和盐腌制了，应该也有影响吧。

做好的汉堡排也被一扫而空了。

奴隶们风卷残云地大吃一气。

等到他们升级再回来，我还得准备更多食物才行。

“好了，你们几个，都来拿武器，要用来战斗的！”

听我这么说，奴隶们有些害怕。我把从城堡拿来的旧武器发给他们。初学者能用的大多数都是短剑。奴隶里的几个女孩子都像当初的拉芙塔莉雅一样，只是拿着兵刃都吓得面色苍白。

“如果不战斗，就会自讨苦吃，你们自己好好想想吧，而且你们的故乡也无法重建了。”

“我们明白的，用盾的大哥哥！我们会好好干的，你就等着好消息吧！”

有活力就好。

“我不是非得用你们几个，只是要建设属于自己的领地而已。因为拉芙塔莉雅很听话，为了奖励她，我才优先考虑找你们来做这件事。你们可不要会错意。”

我已经习惯在这个世界扮演坏人的角色了。反正我本来也不是要做慈善，毕竟我早晚要返回自己的世界，没必要为以后考虑，也就不需要太在意这些细枝末节。只要能给拉芙塔莉雅创造一个和平的环境就可以了。

“虽然尚文大人说话不好听，但他是一个好人，请大家不要讨厌他。”

拉芙塔莉雅多此一举地补充道。

这个时候总要有人唱白脸才行啊。

“那么……菲洛，记得把打倒的魔物装到马车上，应该有很多能用的东西可以回收。”

“好的！”

魔物的肉还可以吃，这是近期最需要的资源。

“主人，你想要什么样的魔物啊？”

“尽可能要肉比较多的吧。如果有羊类的魔物，还能拿来做香肠呢。”

“知道了，菲洛会尽量找找的——”

我指着菲洛的马车发号施令。

奴隶们挤上马车，菲洛拉上车带着他们去打魔物了。

“注意速度哦。”

“好的。”

菲洛拉着马车骨碌骨碌地跑远了。

不过菲洛因为受到诅咒的影响，其实也跑不了太快。

“好了，盖房子的事情就拜托你们了。”

“好的。”

我委托士兵们继续盖房子，然后使用了盾的功能，开始准备下一顿饭。

之前买的魔物蛋，还需要一段时间才能孵化出来。

在把灵龟的肉吃光之前，我还得找到获取食材的途径……

跟着拉芙塔莉雅他们出门狩猎的奴隶们直到傍晚才回来。

所有人都累得东倒西歪的。魔物直接堆放在马车后面的拖车上，其中也有我点名要的羊类魔物。

“呜呜……”

咕噜噜噜……

咕噜噜噜……

咕噜噜噜……

“肚子饿了……”

他们的肚子发出了巨大的叫声。急速成长的身体需要营养，这些声音表示他们的肚子已经空了。

“回来啦。都认真战斗了吗？”

“是的，大家都很努力。”

“唔哇……好累哦。”

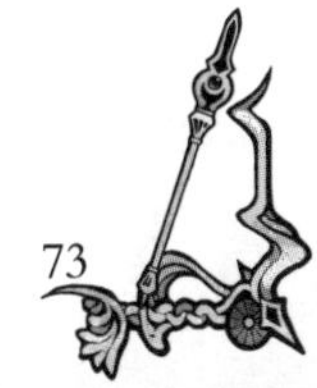

“都努力了就行。吃饭吧。”

我把提前用灵龟肉做好的浓汤和肉排摆上了桌。

毕竟我已经预料到会是这样的情况了，所以准备了很多。

不过估计做再多也会被一下子吃光吧。

“哇啊啊啊！”

奴隶们兴奋地凑过来，开始吃饭。

“主人，菲洛的份呢？”

“有你的。”

我拿出了给菲洛准备的饭，比给其他奴隶的还多一半。

“只有这么少啊，菲洛还想吃更多。”

“想吃就自己去抓啊。”

“哼……”

菲洛耍起了脾气。

很遗憾，我已经尽力了，毕竟一个人的能力还是有限的。

“我们吃饱了！”

什么？我跟菲洛还没说完话，他们就吃完了？

我早就知道小孩的食欲很可怕，至少这顿饭他们吃饱了吧。

“好了，小鬼们，明天还有工作，早点睡吧。”

“……好。”

我把奴隶们送到士兵白天修好的一栋房子里，我们几个又找了另一栋房子休息。

房子的窗户还没修完，虽然能遮雨，但还是漏风的状态。

“我和他们一起睡吧。”

“也行，在他们习惯之前这样比较好。”

“嗯。”

拉芙塔莉雅又走出门，找她的老朋友们一起睡了。

菲洛还没到床上，就已经差不多睡着了，开始小鸡啄米般

打瞌睡。

莉西亚正在研究绊给的书。她的精力倒是挺旺盛的。

我为了接下来的计划做准备，开始做药剂调制的工作，同时查看了一下奴隶们的等级情况。

大家的平均等级已经超过了Lv15，基础属性也有了正常水平的提升。

我用拉芙塔莉雅的成长状态做对比，即使其中有些人不适合战斗，也先升到Lv30再说。

就这样过了好一会儿，门口传来了敲门的声音。

“呃……”

是拉芙塔莉雅，她带着几个女性奴隶过来了。

“怎么了？”

“就是……”

拉芙塔莉雅欲言又止，好像想让我帮什么忙。

是什么呢？她想让我猜她要干什么吗？

“尿床了？”

“不是。来吧，你自己好好跟尚文大人说。”

“那个……就是……”

咕噜噜……肚子里传来的声音让她们窘迫地低下了头。

“……唉，我知道了。那其他小鬼们现在也饿着吧？”

“非常感谢。”

我走向室外的料理台，开始准备做饭。

他们的肚子饿得也太快了。

我把他们狩猎带回来的魔物处理好，随便串上烤了起来。

切小了烤太麻烦了，干脆整只烤。

等到一切迈入正轨，我一定要第一时间组织一个炊事班，

不然都没有时间做自己的事了。

就这样迎来了第二天。

“昨天已经吃过夜宵了，我要先跟你们说明白。食物每天都在减少，所以必须靠狩猎来补充。也就是说，你们带回什么东西，就决定了我给你们做什么饭，明白了吗？”

“嗯！”

倒是都挺爽快的。

虽然我有点不爽，但是他们能有动力也算是好事。

“今天的晚饭我会做好，但是再下一顿的食物已经没有了，这一点你们都要明白。”

“……嗯。”

昨天晚上可太辛苦了。我不停地做饭，但跟不上他们吃的速度，他们好像真的饿得受不了。

总觉得自从来到这个村子，我就一直在做饭。

我又不是他们的妈妈！

等他们成长到一定的水平，我要教会他们做各种工作。

在那之前可要辛苦了。

“我们吃饱了，谢谢！”

“粗茶淡饭不成敬意。快去打魔物吧，晚上再回来。”

“好！”

大家都坐上了菲洛拉的马车，气氛倒是比昨天欢快了很多。

我不让菲洛跑得太快，应该没什么人会晕车。

等到他们再回来的时候，平均等级能达到Lv20就更好了。

眼下最重要的事情，就是收集食物。

虽然“那个道具”很危险，如果控制不好说不定会变异，导致糟糕的后果，但是，现在已经到了要用的时候了……

第七话 生化植物的运用

“我们回来了！”

一群人浑身脏兮兮却笑容满面地回到了村子。

她们看上去比昨天精神多了，反而是莉西亚累得不行。

拉芙塔莉雅和菲洛完全看不出疲劳的样子。

虽然她们两个也受到了诅咒的影响，但还是很强的。

“哦，你们今天也努力打猎了吗？”

“嗯！”

“那是当然的啦！”

小孩子的适应能力也是很强的，才第二天就已经习惯了。

“我也遵守约定，饭做好了。”

“哇！”

大家又开始狼吞虎咽。

“对了，拉芙塔莉雅。”

“怎么了？”

“吃完饭，我有事想说……在某种意义上来说，你可能会生气吧。”

“是……是什么事？”

“就是‘密林’啊，在绊那边发挥了很大作用的那个东西。”

拉芙塔莉雅马上意识到我在说什么了，她的脸色都青了。

“要种那个吗？”

“是啊，反正这附近都是荒地，不是正合适吗？”

“可是……”

“考虑到更长久的影响，这东西确实会引发土壤问题……不过我也提前跟奴隶商人买了能耕地的魔物。”

“那……好吧。现在也顾不上那么多了。”

“你能接受就最好了。”

“考虑到效率的问题，这也是没有办法的。”

拉芙塔莉雅是一个效率至上的人，不过她也很重视面子。

说起来，之前拉尔科他们还对我抱怨过，说我把拉芙塔莉雅教坏了。据说拉芙塔莉雅也像我一样，跟他们合作的时候各种讨价还价来着。

站在客观的角度来说，我确实得反省一下。

“正好也可以顺便做点研究，看看能不能种出药材什么的。”

“请等一下，难道你还想再改造？”

“是啊，如果可能的话，我希望能种出值钱的东西来。”

没错，要完成我的计划，就必须得有钱。只靠十个奴隶，又怎么能重建一个村庄呢？

就算后续还要再找奴隶商人购买奴隶，也是不够的。

“为了方便管理，我也不会做太多改动。在他们几个成长到能独当一面地处理各种问题之前，还得以生产食物为先。”

“唉……这个真的要加倍小心才行。”

“我知道。”

虽然不能做有损根基的危险举动，但是在合理的范围内，该做的事情还是得做。

除了战斗之外，我还得让这些家伙帮我赚钱。

就在我们讨论这些事情的时候，今天做的饭菜又被迅速消灭了。

“我们吃饱了！”

“吃饱就好。”

我听到小鬼们开始快乐地闲聊了。

才来这里没几天，他们好像已经完全适应了。

对于基尔他们四个来说，这里本来就是他们的地盘，自己的故乡当然容易适应。

至少与之前的奴隶生活相比，现在的日子要安心得多。

“好了，我现在要说很重要的事，你们注意听。”

“什么事？”

所有奴隶都和菲洛一起歪着头听我说。

“所有人都跟我来。”

我向田地的方向走，确认所有人都跟上来了。

“我这里有颗种子。这种植物曾经在西南方的村落造成过一点儿小麻烦。”

城堡的士兵大概听说过这件事吧，都在小声讨论。

“这是经过我改良的种子。你们昨天晚上曾经因为肚子饿吃过夜宵吧？”

“嗯……”

基尔点了点头。

“但是你们也得明白，我不可能给你们准备每一顿饭。”

“可是……盾之勇者阁下做的饭很好吃啊。”

“就是啊！我想每天都吃。”

“每天给你们做饭，我就没时间做别的事情了。当然，如果你们能让我看到你们的努力，我还是会满足你们的愿望的。”

在进行开荒和重建事业的时候，食物来源是很重要的。

这样一来，要做的事情就只有一件。

“好啦，现在我要给你们演示一下，我没有做饭，肚子却饿了，这种时候应该怎么做。”

我把种子扔在地上，浇上水。

种子开始发芽，渐渐长大。

生化植物长到三米左右，结出了像番茄一样的果实。

“虽然我调低了繁殖能力，但是只要一个晚上，这植物就会长满这片田地，你们的任务就是管理这株植物。”

“怎……怎么管理啊？”

“发现长得超过预定范围了，就把多的部分砍掉。不过预定范围很大，暂时还不需要砍。收获果实的工作就交给你们了。”

“这个果实……能吃吗？”

“能啊，西南方的村民现在应该也吃这个呢。”

我曾经在内城看过把这东西当特产出售的人，应该也可以用来做菜。

“肚子饿了就可以吃这个。但是要注意，一旦发现有什么不对劲的，要就近找大人处理。就这样啦。”

我摘下一颗长得像大番茄一样的果实，递给菲洛。

一脸没吃饱的菲洛接过来就开始大口地吃。

其他人看她在吃，也有跟着尝试的。

“好厉害啊……”

“嗯。”

“我一开始还觉得，靠我们几个不可能重建这个村子呢，但是这个人说不定真的能带领我们完成这件事。”

总觉得，他们看我的眼神像在看某种不可思议的东西，是我的错觉吗？

只要能顺利管理这株植物，食物的问题就算是解决了。

反过来也可以说，如果不解决食物的问题，想在三个半月就建立一支部队的任务根本是不可能完成的。

现在是时候让我测试一下了，如果把我在这个世界获得的所有知识和人脉都用上，到底能有什么样的成果。

好啦……接下来才是关键。

第二天早上。

我看了一眼长满整片田地的生化植物，发出了早上的第一道指令。

“好痛啊……”

奴隶们都在抱怨关节痛，这是生长痛啊。

我又看了一下所有人的等级。

和我昨天的预测一样，所有人都在Lv20左右。我很期待他们今后的成长。

第八话 海的男女

又过了几天。

“啊哈哈！”

奴隶们在生化植物上爬着玩。

所有人的等级都在Lv30左右，成长的速度开始放缓了。

只不过……不知道为什么，所有人的外貌都变成了十四五岁的样子，比拉芙塔莉雅看起来还是年幼一些。难道说，这就是适合战斗的年龄吗?

容貌上也变好看了一些，不过没有我预想的那么好，只是比普通的小孩好看一点，但是没有一个人能比得上拉芙塔莉雅，最多也就是营养跟上之后应该有的状态吧。

男生里相貌最好的还是基尔。

他莫名有点男生女相，算得上是个美少年。可能男生不太喜欢这种说法，但是还挺少年气的。

那个鼹鼠兽人好像是叫伊米亚，最近看起来也不那么胆怯了，此时正和基尔开心地玩闹。

“用盾的大哥哥！最近都在吃肉和蔬菜，我吃腻了！”

“别太任性了。”

最近基尔跟我也越来越熟稔了。

这种时候，我当然可以严厉地训斥他，但是他分内的工作完成得很好，我也说不出太重的话。

不知道是不是因为越来越熟悉的缘故，最近有好几个奴隶都跟我聊过他们之前的奴隶生活，说到最后还要跟我道谢。

他们能有动力工作当然是好事……

“我去海里抓点鱼，哥哥帮我们做了吃吧！”

“我什么时候成你哥哥了？”

尤其是基尔，他现在已经完全不怕我了。是不是应该教育他一下？

叫我用盾的大哥哥也就算了，直接叫哥哥可不行。然而，他好像根本不打算改。

“唉……沙迪娜姐姐还在的时候，我们每天都有海鲜吃。”

拉芙塔莉雅也提到过这个人，我记得好像是水生动物种的兽人吧。

可能这个人确实很有能力吧，包括拉芙塔莉雅在内，这个村子出身的人多多少少会提到她。

我干脆就问问她到底是个什么样的人吧。

“拉芙塔莉雅，你之前也提到过，那个叫沙迪娜的是个什么样的人啊？”

“沙迪娜姐姐是渔民哦。而且在我们村子里，她的战斗力也是数一数二的。”

“这样啊……那她在浪潮的时候……”

我没把“死亡”这个词说出口，就那么含糊了过去。

一般来说，她很可能已经在浪潮中战死了吧。

“如果沙迪娜姐姐在，不管是浪潮还是后面的奴隶狩猎，我们应该都能做出有力反击的。”

“……等一下，那家伙那么强吗？”

“是啊！我从来没见过沙迪娜姐姐打败仗。要我说，她比骑士姐姐还厉害呢！”

比艾克蕾尔还厉害？那可算得上是有相当强的战斗力了。

可是如果真的是这样，就有个很大的疑问。

“如果她这么厉害，怎么浪潮爆发时村子还会沦陷呢？”

“……浪潮爆发的时候，沙迪娜姐姐和村子里的渔民一起去远洋捕鱼了……”

原来如此，也就是说浪潮爆发的时候，她不在啊。

而且浪潮爆发之后，很多地方都陷入了混乱状态，海上应该也不太平吧。

……有些话我决定还是留在心里不要说出来了，其实她很可能死在了浪潮引发的后续事件中。

如果这么强大的人还活着，她怎么会不回来呢？

虽然这个话题是我提起的，但是对基尔他们来说有些残忍，还是不要继续聊了。

“哥哥！到底能不能去海里啊？”

“嗯……你就那么想吃海鲜吗？”

正好，可以自然地结束这个话题。

“我想吃哥哥做的鱼！”

“想吃！”

“想吃！”

……我好像养出了很多菲洛。

幸好之前没同意再买菲洛鸟的蛋。

“好吧，今天就去捕捞海鲜吧。干脆菲洛也去水里打猎魔物好了。”

“好！”

就这样，我和奴隶们一起来到了海边。

正好最近天气也热起来了，洗个海水浴也不错。

这些家伙都是本地人，应该都会游泳吧。

一行人没走多远，就来到了海滩。

“呀哈哈！”

所有奴隶都脱得只剩下内衣，开心地拿着鱼叉往海里冲。

“拉芙！”

连小拉芙都开心地往海里跑了。

要不要调整使魔的属性，提升它的水性呢？我还挺想看看它转着尾巴当螺旋桨，在海里游泳的场面。

我正在思考，突然注意到一个问题。

“菲洛！快抓住基尔！”

“啊？知道了。”

“哇！怎么了？”

菲洛变身成菲洛鸟形态，在基尔冲进海里之前抓住了他。

基尔一下子就被抓牢，只能在菲洛的翅膀里不停地挣扎。

“怎么了，哥哥？”

“总之呢，就是关于你的情况，有件事必须得重新考虑一下了。”

“到底是什么事啊？”

其他奴隶注意到吵闹声，纷纷转头看着我们。

他们好像也意识到问题出在哪里了。

伊米亚带着蹲在肩头的小拉芙凑近了基尔，开口问道：

“基尔，你……难道是女孩吗？”

“拉芙芙？”

“啊？你说什么呢？我是男的啊。”

基尔胸前缠着裹胸，胯下还围着兜裆布。就在这个时候，拉芙塔莉雅也走了过来。

“基尔……你知道男女有什么区别吗？”

“啊？”

“就是说……所谓的男人呢……”

拉芙塔莉雅凑到基尔的耳边，嘀嘀咕咕地说了几句话。

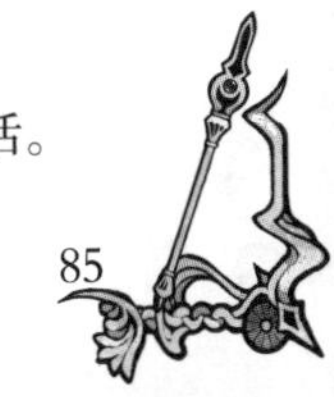

“不可能。分男女还这么麻烦，神明也没有那么多闲心吧。”

“那你看看其他男孩子啊……算了，你就看看尚文大人吧，很多地方都不一样。”

“你说什么呢？没有的地方等我长大了自然就能长出来了。而且我的胸部只是有点肿，以后会好的。”

长出来……你可真敢想。

在成为奴隶之前，基尔是在什么样的家庭长大的呢？

像假小子一样的女生……我脑海里浮现出绊的形象，她还举着手问“叫我吗”。

很遗憾，我没叫你。我在脑海中对脑海里的绊喊了一句“走开”，脑海里的绊嘀咕着“好过分”然后消失了。

不，虽然绊是挺男孩子气的，但是她也知道自己是女生。

基尔都做过奴隶了，不可能没发现自己是女性吧？

还是说，这件事其实和性别完全无关？也可能是贩卖她的奴隶商人故意隐瞒了。毕竟这个国家非常腐败。肯定也有些禽兽不如的家伙，就喜欢这种调调吧。

对于那种人来说，像基尔这样的奴隶可是抢手货，应该可以卖上好价钱。

比如我们曾经遇到过的那个混蛋贵族，兴趣就是虐待别人。

不过我买来的这些奴隶身上都有伤痕，可能每个人都受过虐待吧。

“可……可是我父亲说过，只要你认为自己是男子汉，那你到什么时候都是男子汉……”

就是想成为渔夫之类的吗？女儿模仿自己的父亲，结果连自己是男是女都搞不清了？

不过，仔细想想这句话，不就是在说你其实是女孩吗？

“基尔，你这么帅……居然是女孩啊。”

“但基尔就是很帅啊，和性别没关系。”

几个奴隶女孩开心地小声说道。

男装丽人确实很容易成为女孩子们憧憬的对象，只是不知道想成为渔夫的女生是什么情况。

“怎么这样啊……而且说到底，区分男女有什么意义啊？我想不通！”

基尔这家伙，居然对自己的性别没有丝毫认同感，也太夸张了。

嗯？菲洛这家伙怎么一副要见义勇为的样子？

“这个哦……大家是为了能产生后代，才会分成雄性和雌性哦。而且哦……”

菲洛给一头雾水的基尔解释。

实在是太细致了……菲洛口若悬河地介绍男女性别各自的职责，其中还夹杂着由衷的感叹。

我连忙看向拉芙塔莉雅，只见她不停地摇头。

那莉西亚呢？我再看看莉西亚，就听到她高声喊着“才不是这样呢”。

菲洛是很不擅长解释的，她能这么长篇大论，一定是有人跟她说过。

我能想到的人，要么就是绊，要么就是大色狼拉尔科了。

“你怎么知道这么多的？是拉尔科告诉你的吗？”

“不是哦，菲洛一出生就知道。”

这就是遗传的记忆吗？

不不不……一定是菲洛和野生的雄性菲洛鸟做过什么。

就是在那个时候听对方说的吧，也可能是在莺声信使状态时发生的。

“主人在想奇怪的事！”

菲洛用不高兴的声音对我发出抗议。

我必须得多关注一下菲洛了，看她会不会下蛋。

“哼！”

菲洛最近总是爱抗议。

“拉芙？”

“小拉芙不用管这种事，我不会让你嫁人的。”

“你怎么说得好像自己是小拉芙的爸爸一样？”

“菲洛也想被这样说！”

哼，谁理你啊！你可以嫁给梅尔媞。

就在大家东拉西扯的过程中，包括拉芙塔莉雅在内的人都闹了个大红脸。

至于男生……全都泡在水里呢。大家没事吧？

“我……我才不要和哥哥做奇怪的事！”

“为什么你会想到这个？”

被她这么一说，就好像我培养教育这些奴隶就是为了满足私欲一样。

可恶，气死我了。

所以我才不喜欢这些脑子里冒粉红色泡泡的臭小鬼。

“这种无聊的话题，你们还想说到什么时候？总之，现在多了一条规则，不许谈恋爱。”

“啊？”

奴隶们都在抗议。

不管怎么说，不允许的事情就是不允许。我需要的是战斗力，不是生育率。

我哪有时间看孩子？

而且我只有三个半月！时间很紧迫了！

“这种无聊的事情，你们就等着世界恢复和平，我走了之

后再做吧。”

“为什么？”

“这还用问？这个理由不是很清楚吗？因为我不喜欢啊。而且拉芙塔莉雅也不喜欢。”

“拉芙塔莉雅也不喜欢？”

“咦？”

居然连拉芙塔莉雅也发出了疑问。

啊，是没想到我会提到她吧。

“我的目的是对抗浪潮。我会带着你们之中愿意参加的家伙一起战斗。”

“咦？和浪潮吗？”

“是的。我之所以被召唤到这个世界，就是为了战胜夺走了你们家园的浪潮。你们愿意参加的话，我就带着你们一起去。”

我本来就计划征召更多的奴隶，再把他们分成小队。

“在对抗浪潮之前，我们还需要战胜一只叫凤凰的怪物。”

等到战胜凤凰之后，再召集自愿参加的家伙组成战斗部队，这才是最理想的吧。毕竟战斗这件事，也不是所有人都适合参与的。

听我这么说，一直沉默的基尔愤愤地说道：

“那我是个女孩，是不是就不能参加了？”

“啊？怎么可能。你看看我身边的人再说这种话吧。”

我指了指拉芙塔莉雅、菲洛和莉西亚。

“这……这么一说，全是女孩呀！你说你讨厌恋爱，是骗人的吧？”

基尔生气了。她有什么不满的？

“你……到底是想参加还是不想啊？”

“你自己身边全是女生，还说什么禁止恋爱呀！”

“就算拉芙塔莉雅是男的，我也没意见啊。”

“咦？”

“咦？”

“那菲洛呢？”

“就算你是雄性也没关系啊。”

“哼！”

到底有什么不满的啊？要不干脆给这几个家伙说清楚吧。

“所谓的男女平等，就是不要把男性和女性放在一起比较。只要是有用的人，不管什么性别都是一样的。”

“原来是这样……用盾的大哥哥是男女不忌呀，而且连不是人类都可以。”

其中一个奴隶轻声嘀咕着。

“不是……”

“男女不忌是什么意思啊？”

菲洛倒是不知道这句话的意思。

果然只有来自遗传的知识啊。不过她那句不是人也可以，就是针对菲洛和小拉芙说的吧？

“我是被卖掉的时候听说的……”

“不需要解释了！总之，如果因为谈恋爱导致不能战斗，那可就麻烦了，所以严禁谈恋爱。”

除了基尔之外，奴隶们都不情不愿地点头答应了。

“这样啊，那我只要努力，也能参加战斗！”

“是啊。不过考虑到战后的问题……不，说不定正好能满足某些人的需求，基尔要练习做生意。”

“为什么？”

“因为你在这些人中算长得好的呀，又天不怕地不怕的，很适合做生意。”

“我……我吗？我不要啦！”

“没问题的，你只要像平时一样就行了。人类比魔物更难对付，但是也更有趣。”

“用盾的大哥哥这么说，我就觉得更可怕了。”

我说了什么奇怪的话吗？

总之，把基尔分配到贸易组应该不错。

让他做男生打扮，出售些饰品什么的，应该很受女生欢迎吧。再让拉芙塔莉雅也一起招揽生意，那就可以同时覆盖男女客人了。

“对了，基尔。”

“怎么了？”

“你一开始对我很抗拒，也是因为你喜欢拉芙塔莉雅吧？”

就在灵龟事件发生之前，基尔对我还很戒备呢。

原来他那个时候会有那样的反应，也是因为拉芙塔莉雅啊。

“才……才不是呢！大哥哥你在说什么啊！”

基尔开始莫名其妙地发抖。她在看的方向是……

“……尚文大人？”

拉芙塔莉雅脸上带着笑容，浑身洋溢着杀气，一步一步向我走来。

哦……这方面的话题果然不能提啊。

“好啦。所有人解散，去捕捞海鲜吧。”

“好！”

过了一会儿，基尔她们陆续回来了。

“用盾的大哥哥！我捉到了！”

基尔高兴地拎着一兜贝类和鱼类回来了。

“好。”

铁板已经烧热了，这些海鲜只要处理一下再烤熟就行了。

“这是跟绊他们学做的生鱼片！”

拉芙塔莉雅还做了生鱼片。

虽然也担心会不会有寄生虫，不过我用鉴定技能看过，好像没什么问题。

就这样，我今天也在做饭。我已经不想再当厨师了！

对了，现在也差不多可以孵化魔物的蛋了。

反正食物已经差不多够了，不会有其他问题了。

“我们吃完就回去吧。”

“知道了！”

到了中午，大家从海边返回村子。

昨天就已经完成了大部分契约，现在可以进行孵化了。

我来到充作仓库的小屋里，查看魔物蛋的情况。

“大哥哥，你要做什么啊？”

“现在我们的食物储备也有不少了吧？这是为了下个阶段做的准备工作。”

“哦——”

“问题反而是菲洛鸟啊——”

虽然作为拉车的劳动力很优秀，但是一想到像菲洛那样的食欲狂魔会再多一个，我就心神不宁。

“菲洛？”

菲洛歪着头问我。

“不是，我是说新的菲洛鸟的蛋。”

“小菲洛会有个弟弟或者妹妹吗？”

“好厉害！”

真是吵闹啊……外表都已经是高中生了，心智还像小孩子。

也不对，他们本来就是小孩子。

“按照品种来说的话，倒也没错……”

“主人，你不希望新的菲洛鸟也像菲洛一样吗？”

菲洛提了一个很难回答的问题。

如果解释得不好，她可能会认为这只鸟是不被需要的吧。

“我想要能乘坐、能拉马车的菲洛鸟，不想要食欲狂魔。”

“哼，应该没问题啦。”

我转头去看菲洛，不明白她为什么会这么说。

“如果主人不希望的话，新的鸟应该就不会和菲洛一样。”

菲洛头上的呆毛一抖一抖的，正指着菲洛鸟的蛋。

这是什么反应？她知道什么吗？

“会孵出菲洛的随从吧？”

随从？

也对，对于菲洛来说，普通的菲洛鸟都是她的随从吧。

“那就不跟菲洛一样吧。说不定会只认识主人呢。”

“……你能做到吗？”

“嗯！”

菲洛触摸着菲洛鸟的蛋，向里面注入魔力。

“这样就好了，除非菲洛下命令，不然就不会和菲洛一样。”

“啊，好……太好了。”

我也有点担心，感觉自己是不是剥夺了新生命更多的可能性……但是菲洛这种孩子太多了也受不了，只能这样做了。

看看试验的结果如何吧，也许可以把培养菲洛鸟的任务就此交给菲洛呢。

没过多久魔物就孵化出来了。

“哔！”

其中一只是菲洛鸟的幼鸟，颜色有点偏紫。

接着是两只虫子，名字叫履带虫。这东西长大后就能拉车了吗？我用盾吸收了蛋壳，没有任何反应。

然后是三条蚯蚓，魔物的名字好像是叫杜恩。能让这几条蚯蚓松土吗？

我设置了基本的禁止事项。

“就这样吧。你们带着这些家伙去升级吧。”

“好！”

感觉就像父母给孩子买了宠物一样，大家一起抬着装了魔物的箱子，乘上了马车。

菲洛鸟的幼鸟就蹲在菲洛的头上，明明才刚刚出生，却还不停地欢叫着。

为什么我来到异世界要给这么大一群生物当“爹”呀？

认真就输了……我努力说服自己。这也是为了对抗浪潮做的前期投入。

“啊，对了。”

“怎么了？”

“我们差不多也该划分小队，各自负责做饭之类比较精细的活了，你们有谁想学做饭的，自己报一下名。最好是不擅长战斗，不想上战场的家伙。”

虽然最近拉芙塔莉雅也在帮忙做饭，但也还是忙不过来。

“那我……”

“我也……”

一个女孩子和伊米亚从马车上下来了。

“想好了吗？”

我记得她晚上和拉芙塔莉雅一起来找过吃的。

至于伊米亚……她是全身都长着毛发的兽人。如果毛掉进食物里，肯定会有人抱怨吧。

不能让她做饭的话……做点别的工作总可以吧？

据说她的手很灵巧，一定能找到适合的工作。

“嗯……我喜欢做饭。战斗就有点……”

“这样啊……不过做饭也很辛苦，你要加油哦。”

我又看向伊米亚。

“那个……有没有什么细致的工作……我比较想做这种。”

“那就需要一点一点学习了，不过等级也还是得继续提升，这是无法逃避的。”

“我明白。”

伊米亚和那个女孩子点了点头，站到我的身边。

“那我们走了。”

拉芙塔莉雅挥了挥手。

“好，去吧。”

“拉芙塔莉雅，不要担心我们。”

“啊？”

加入炊事班的女孩子挥着手轻声说道。

她是什么意思？

“你懂的。”

“我才不担心呢！”

怎么了？啊，她是怕我吓唬她们，但是因为信任我所以能放心吧。

“那我们走了。”

“出发了！”

马车发出嘎啦嘎啦的声音，越跑越远了。

“……好啦，你们来帮忙吧。”

“是！”

我开始教她们做饭和做杂务。

“用盾的大哥哥，你的手真巧啊！”

“是吗？”

“嗯，收拾鱼和魔物都很利落！”

被人夸奖总不会不开心。

“我是因为有盾的效果才能做出好吃的饭，没有盾的话，我其实并不会做饭。你就……按照记忆中父母做的味道来吧。”

“嗯！那用盾的大哥哥教我做好吃的饭菜吧。”

父母的味道……虽然我好像说了不该说的话题，但对方却满面笑容地回应我。

还能笑得出来，就算还可以吧……

结果还得我来教……算了，这样也不错。

“宝石可以这样切吗？”

“行，你刚做，这样就不错了。”

考虑到伊米亚原本就是手比较灵巧的种族，我干脆教他我一直在做的药剂调制和首饰制作。

第九话 盾的招牌

我开始经营领地……或者说开始带孩子已经有一周了。

房子的修缮已经差不多完成了，终于要进入下一个阶段了。

正如菲洛所说，新的菲洛鸟还是保持着很可爱的形态，每天乖乖拉车。

果然还是不会吵吵嚷嚷乱说话的鸟比较好。

一大早，奴隶们还在睡觉，我找来新的菲洛鸟，和它玩以前和菲洛也玩过的扔棍子游戏，结果菲洛却突然冲出来捣乱，抢走了棍子。

“主人！菲洛才是第一位的！”

我正在和新成员培养感情，别捣乱！

“拉芙！”

“去吧！小拉芙！”

我做出扔东西的假动作，小拉芙配合着对菲洛用了一个幻觉魔法。

“啊，等一下！”

在菲洛的幻觉里，棍子越飞越远，菲洛也跟着跑远了。

履带虫也已经长大了，正在准备拉车。

这种魔物是草食性的，我用生化植物的茎喂它们，这样能消耗掉会带来麻烦的生化植物，从各种意义上来说都很方便，真是一石二鸟啊。这东西真不愧是魔物商人帮忙挑选的，又老实又听话。

问题在于速度方面。因为这种魔物行动不快，所以只能在附近的村庄和城镇之间来回时使用。

杜恩现在也长得很大了，我就让他们松动周边的土壤。

这种魔物也很老实，就算是野生的杜恩，一般也只是潜伏在地面下，不会轻易与人类发生冲突。被人类驯养的杜恩倒是可以听从命令战斗，只是不算太厉害。

这样一来，也差不多可以开始做生意了。

“怎……怎么样？”

我给基尔准备了两套衣服。

其中一套是她本人比较喜欢的皮甲。

为了造成反差性的视觉冲击，另外一套则是有花边的连衣裙，虽然只是便宜的二手货。

基尔穿着连衣裙，有点不好意思地问我的意见。

“很好，你就这样有点不好意思又有点手足无措地卖货吧。”

“哥哥！为什么我非得做这个啊？”

“当然是为了赚钱啊。没有钱怎么把你们的伙伴找回来？”

“是吗……可是……这也太……太难为情了。哥哥……”

基尔去卖货，第一次就让菲洛跟着，我在暗中观察。

预计就是让基尔和拉芙塔莉雅一起卖我调制的药剂。

“莉西亚，升级就交给你了。”

“我……我知道了！”

让奴隶们学会做生意是必不可少的，不然的话，根本来不及赚到足够的钱。

只要三天左右，挂着盾之勇者招牌的马车在国内到处卖货的消息就会传开吧。

我就是为了这一天才起早贪黑地调制药剂，而且只要有我在，再重的病也能治好。

“那就出发吧！”

“等一下，哥哥！我有点晕车！”

我不理会基尔的话，就这么出发了。

这一天，我的计划是在附近的几个城镇各停留一个小时左右，让菲洛拿出最大的速度是可以实现的。

好久没做生意了，城里的人一个个都露出了怀念的神情。

“圣人阁下就是盾之勇者阁下啊。”

“是啊……因为暴露身份我就不能做生意了。”

“当时真是太抱歉了。”

“别放在心上。”

反正他们也只是口头上道个歉而已。

就算是现在，如果他们发现我会引发大问题，还是会给我打上盾之恶魔的标签，这是毫无疑问的。

我可不认为顾客就是上帝。

这句话本来就只是某个艺人的个人见解，而且本意好像也不是现在这样。

“我现在有了自己的领地，为了帮忙重建国家，也是为了对抗浪潮，才会到处出售药剂之类的商品，各位愿意的话可以来我这边选购。我的马车上也有招牌，方便大家辨认。”

没错，我的马车上现在就挂着一块盾牌形状的招牌。

“勇者阁下也是忧国忧民啊。”

用这种方法给大家留下印象，我的顾客也会变多吧。

可能让菲洛的跟班也转变成女王形态会更好，但是，我真的很不喜欢叽叽喳喳个没完没了的家伙。

如果能有人来帮我管理当然更好，然而哪有这样十全十美的事呢？

“居然是这样，为了盾之勇者阁下，我们也应该买！”

“对啊！”

这种时候，口耳相传就很方便了，正面的流言很快就会扩散开来。

也不知道下一座城镇的人是从哪里得到的消息，我们过去的时候已经有人来迎接了。

“哥哥……这样可以吗？”

东西卖完之后，基尔非常难为情地来问我。

“可以啊，虽然你的营业式笑容没有拉芙塔莉雅那么灿烂，但是也有很多人看到你笨手笨脚的样子就露出欣慰的笑呢。”

“你这是在夸我吗？”

怎么说呢……看到天真烂漫的人，自己也会得到治愈，这果然是在任何世界都行得通的真理。

再加上很会说话的拉芙塔莉雅，这个生意就这么做吧。

就算是质量比较差的便宜草药，只要用盾调制就能得到一般品质的药剂。

再用这些一般品质的药剂作为材料，亲手调制高级药剂，又能得到更好的成品。

我很期待赚个盆满钵满呢。

我就这样跑了三天，也赚了一些钱，然后再收购草药，用盾调制药剂。

基尔和其他的奴隶也学会了怎么卖货，看起来一切都很顺利。很快就要增加卖货的马车了。

就在这个时候——

“哎呀哎呀，盾之勇者阁下。”

奴隶商人的马车来到了村子。

他最近经常跑来。毕竟女王拜托他寻找这个村子出身的奴隶，这也是无可厚非的。但是他也找奴隶们说话，生意都做到

奴隶身上了吗？虽然我也给了奴隶们一些零花钱就是了。

“你找到我这里的奴隶了吗？”

“很遗憾，还没有。”

“那你来干吗！快走！”

要不要撒盐呢？如果他是来蹭饭的，我可真要打人了。

“没什么事就会受到这样的对待吗？真是让人‘兴奋’啊。”

“你之前还想让我做厨师！”

“那是开玩笑的。”

“你找打吗？”

“不不不，我是来邀请盾之勇者阁下的。”

“……邀请？”

奴隶商人高高举起手臂。他真的很喜欢夸张的动作。

他说的邀请，八成不是什么好事。

“是啊，因为在国内一直找不到，所以我找亲戚打听了一下……然后就听说，你要找的人有可能是被哲尔拓普鲁那边买走了。”

“啊，原来如此……”

也就是说，他其实是打听到了奴隶们的去向，专门来通知我的。这家伙可真麻烦。

“过去要花多久？”

“这个嘛……虽然一般来说是坐船比较快，但是勇者阁下有脚程傲人的菲洛鸟，大概只需要一周半的时间吧。”

菲洛还得跑一周半，好远啊。

不过倒是比灵龟事件时的另一个国家近。

这么说起来，很久以前其他的勇者就提到过，说哲尔拓普鲁的武器店很优秀。

也就是说，他们至少都去过一次。

啊，所以当时他们的等级才会出乎意料的高啊，因为用的武器更优秀。

“那坐船呢？”

“得花两周。”

“唔……”

我瞥了一眼村子里的家伙们，大家基本上都在认真地进行重建的工作。拉芙塔莉雅正在告诉大家做生意的注意事项，菲洛则是在午睡。战斗欲望比较高的奴隶，比如基尔等人，都是一有空闲时间就去隔壁镇上找婆婆特训。

这样一来，就算我出门应该也没关系，晚上再用传送技能回来就行了，每天的进展可以随机应变。

“那我就去看看吧。”

“我就知道你会这么说的！”

“拉芙塔莉雅、菲洛，还有其他人，先来集合一下。”

我把所有人都叫了过来，大家纷纷凑到一起。

“我马上要出发去哲尔拓普鲁，白天就不在村子里了。菲洛跟我一起……”

我和菲洛先去，其他人就等我到了目的地再传送过去。

“拉芙塔莉雅，白天村子里就交给你了。”

“咦，要把我留下吗？”

“啊哈哈，姐姐看家！”

“拉芙。”

小拉芙好像也决定要和菲洛一起出门。

毕竟不带着菲洛根本来不及。

“只有一周左右，而且只是白天，放心吧。”

“可是……”

“反正最近大家也经常分开行动，我也是因为信任你所以才交给你啊。”

难道说，其实拉芙塔莉雅真的非常担心我？

“……明白了。如果发生什么事，就尽快回来吧。”

“如果你真的那么在意，可以偶尔和我们一起去几次。”

“是啊。反正有方便的传送技能，为什么不利用起来呢？”

反正晚上就会回来，拉芙塔莉雅隔几天去一次也无所谓。

“那我们去去就回。”

“一路小心，尚文大人！”

就这样，我接受了奴隶商人的邀约，踏上了前往哲尔拓普鲁的旅程。

第十话 哲尔拓普鲁

我们顺利抵达了哲尔拓普鲁的首都。

“这里还挺热闹的。”

我们乘着发出嘎吱声的马车，在比梅尔罗麦克内城更繁华的城市里移动。

当然，抵达的时候，我就把拉芙塔莉雅和莉西亚也一起带过来了。

毕竟人生地不熟的，带上有战斗力的成员也比较放心。

因为到了晚上就能返回村子，所以也没有出远门的感觉。

另外，说到哲尔拓普鲁，这里到处都是石造的建筑物，有种角斗场的风格。

“说起来，我不太清楚哲尔拓普鲁是个什么样的国家。”

“那么就让我来介绍一下吧。”

奴隶商人愉快地开始解说。

“哲尔拓普鲁是贸易与雇佣兵的国度。正如这句话所说，商业和雇佣兵就是这个国家赖以生存的基础。”

“啊，我也有印象。”

“雇佣兵的意思您清楚吧，是一种出卖战斗力换取金钱的行业，与统筹整个冒险者行业的公会之间也有千丝万缕的联系。而且，作为发达的商业都市，从武器、防具到药品之类的消耗品，这里的市场也应有尽有。从金钱流通量上来说，其他国家完全不能与哲尔拓普鲁相提并论。”

我从马车里看着外面，他说的应该是实情。

虽然梅尔罗麦克的内城也算是很有活力的城市，但相比之下，这里要热闹得多，感觉上就是充满活力的商店街和贫民窟纵横交错。

“另外，这个国家是没有国王的，整个国家由大商人出身的议员运营。”

“哦……”

是类似于共和制吧。

毕竟这个国家推崇雇佣兵之国的名头，也可能是完全的能力至上主义。

“这个国家也有很多内幕，有人说但凡是战争，都跟哲尔拓普鲁有或多或少的关系，还请勇者阁下多多留心。”

“原来如此。”

“我们一族的根据地也在这里，生意还是很好做的。”

“……果然是这样。”

怎么说呢，我昨天做了噩梦，梦里几十个长得像奴隶商人的人把我围住，不停地向我推销奴隶和魔物。

“另外这里到处都有角斗场，也是很有名的。”

“哦？”

是让雇佣兵互相战斗，再赌输赢的那种吗？

“也算是这个国家的名胜了，勇者阁下既然来了，也应该看看，这样才算没有白来一趟。”

“我考虑一下。我们现在去哪里？”

“离开大路，从那边的小路拐进去大概就是了。”

“嗯。菲洛!”

我让菲洛按照奴隶商人的指示拐进小路。

紧接着……一条绳子从天而降，瞄准菲洛套了过来。

“哈哈哈，你们这个魔物挺稀有啊。”

一群野蛮的男人随之现身。

这群家伙不认识菲洛吗?

话说回来，这些人看上去还挺面熟的。

“呀！”

“咕啊啊啊！”

菲洛飞起一脚，把想用绳子强抢自己的蠢货踢上了天。

“你……你这家伙什么情况！给我老实点……咕哈！”

“是凶暴的魔物！快点把它拴住……呜呜呜！”

啊，菲洛咬住了一个笨蛋的头。

虽然那个人挣扎了几下，但最后还是浑身脱力不动了。

“是……是怪物啊！”

“救命啊！”

菲洛一口吐掉了嘴里的家伙，又扯断了缠在脖子上的绳子。

“菲洛还是喜欢更咸一点的，这个好像不太健康。”

“……”

这听起来好像真的要吃人一样，真可怕。

总觉得她好像在朝着奇怪的方向成长。

“菲洛，人可不是食物啊。”

“嗯？”

到底是菲洛鸟，理解能力还是成熟得比较慢吧。

好麻烦啊。考虑到使用方向的问题，我还是希望这家伙的智力别太高。

“菲洛，其实还是小孩比较好吃哦，软一点。”

“拉芙，拉芙拉芙！”

“尚文大人你又在说什么呢！还有小拉芙也别添乱了。”

我只是想起游戏和小说里的怪物说过类似的台词，所以告诉菲洛而已。

然而菲洛却摇头拒绝了。

“不要！”

“教育菲洛就是要这样才有用。”

“啊，真是的……这样到底是理解了还是没理解啊……”

“不过菲洛，为了你自己，除非要威胁对方，不然还是别这样做比较好。”

“嗯，就是觉得这样做他们就会逃跑了，所以才去咬的。”

哦……原来她也知道什么叫“威胁”啊，学东西还挺快的。

如果她头脑太好，我也会很麻烦，不过现在这种程度还在可以接受的范围之内。

“那你刚才说什么咸不咸的？”

“就是舔上去的味道啊。”

……那我也只能祈祷，希望她不要用这种方式来记录人类的味道了。

我们把马车停在奴隶商人熟悉的店门前，跟着他继续前进。

穿过小巷，眼前出现了一个巨大的角斗场。

这座建筑类似于一座石造的圆形体育场，门口有健壮的男人看守。

看起来这家还挺热门，门口排了长队。

“走这边哦。”

我们走到角斗场的后门，这里的看守随意地和奴隶商人打了个招呼。

他打开门，让我们进去。

“这里表面上是一家角斗场，里面其实是贩售奴隶的黑市。”

“哦……”

“虽然这个国家大部分角斗场都是这样的，不过不同团体的经营方针会不一样。”

“那你的店呢？”

“不用说，当然是以奴隶为主的。当然，其他的也有。”

我们又走了一段路，就看到了通往地下的楼梯。

沿着楼梯向下走，没几步就听到了下面传来的欢呼声。

看起来生意还挺红火。

“角斗场好像挺赚钱的啊。现在是什么比赛？”

“主要还是决斗，但是有时候也有大胃王比赛什么的。”

“真想让菲洛参加。”

看看这个食欲的狂魔能有什么水平。

“嗯？要菲洛去吗？”

“只是在说这个可能性。”

不但能省下伙食费，反过来还能赚钱。不过……如果输了也有相应的风险。

“那可能会很有意思。”

奴隶商人对强壮的男人做了个奇怪的指令。我只不过是顺着他的话题随便说说而已。

“还没到吗？”

“马上就是了。”

他话音刚落，我们走完楼梯，就看到石造的走廊里排满了笼子。这里的笼子可比奴隶商人的帐篷里的还多。里面不分人类和亚人，关满了奴隶。

这些笼子的尽头还有一间小屋。

在那间屋子里，还有另外一个奴隶商人。

“哦，是梅尔罗麦克的——”

“哦，叔叔呀。”

我都有点怀疑自己的眼睛了。眼前这个男人，为表达重逢之喜和奴隶商人拥抱在一起。

奴隶商人身材丰满，穿着一身燕尾服，还戴着眼镜，看上去就是一个奇怪的绅士；而另外一个人不但体型和奴隶商人相似，连脸也几乎和他一模一样，唯一的明显区别只是眼镜和燕尾服的图案而已。

“尚文大人，是我眼睛有问题吗？”

“那可太巧了，我也是。”

“唔啊啊啊……”

就算是家族企业，也不用这么像吧。

完了，我的梦可能要实现了。

我记得好像在哪部动画里看到过，经营家族医疗中心的女生们都长一个样，但是这个也太……

这两个人如果穿一样的衣服，那就根本分不出来。

“这位就是邀请勇者阁下的人，我的叔叔。”

“哎呀哎呀，盾之勇者阁下，初次见面。您的双眼真让我沉醉。”

“快别说了！”

完蛋，我鸡皮疙瘩都起来了，现在想转身就跑。

但是我花了这么多精力才来到哲尔拓普鲁，就这么无功而返也很不甘心，所以只好拼命控制住自己不要转身离开。

“一听声音就知道您很会处理奴隶……真让人兴奋。您愿意娶我的女儿吗？”

我开始想象一个女性奴隶商人……

“还是别……”

“难道你们就为了说这种事才把尚文大人找来的吗？”

拉芙塔莉雅气得握住了刀柄。

就是啊，我们这次来是为了找她的同乡的，我能理解她有多气愤。

还可以更气愤一些，这样我们才有谈判的筹码。

“呵呵呵，我开玩笑的。”

“叔叔的性格太糟糕了。”

“呵呵呵，那可还比不上你。”

两个人都笑了起来，太吓人了……

“说回正题吧。”

“已经要开始说那件事了吗？我还想和盾之勇者阁下再亲近亲近呢。”

“这都要看叔叔的意思了。”

他们还要啰唆到什么时候啊？

我已经觉得烦了。我能走了吗？

我不知道这是奴隶商人的直觉还是品位。虽然莫名其妙，但是他会肯定我说的所有的话。

就因为他这样，我反而经常怀疑他是不是有什么阴谋。

“呵呵呵，我好像就是喜欢这种坏坏的感觉。”

“我是什么邪恶的化身吗？”

“不不不，只是很有操纵奴隶的资质。这也证明了我们的先见之明啊。”

“这位先生对奴隶不拯救也不残杀，却有着让他们欣然赴死的领袖魅力。”

“哥哥，我要吃饭——”

“主人，我要吃饭——”

“盾之勇者阁下，饭——”

为什么我的脑中突然冒出那些家伙催着我要食物的声音？

那算是领袖魅力吗？不行，认真就输了。

“到此为止吧，奴隶商人，直接说我想找的奴隶的事吧。”

“明白了。叔叔，之前提到的奴隶现在怎么样了？”

奴隶商人问道。

另一个奴隶商人——哲尔拓普鲁的奴隶商人擦了擦汗。

“关于这件事，现在有点麻烦了。”

“怎么回事？”

“因为有梅尔罗麦克官方的委托，所以我也帮忙找了，就是赛阿尔特领鲁洛洛那村的奴隶吧？”

“没错。”

我得到的领地原本就是艾克蕾尔的……这么说起来，原来拉芙塔莉雅的村子叫鲁洛洛那啊，我都不知道。

“这有什么问题吗？”

“这问题可大了。”

“怎……怎么回事啊？”

拉芙塔莉雅铁青着脸问道。

我有不祥的预感，或者说，是意识到事情会变得很麻烦。

“事实上，在哲尔拓普鲁，现在赛阿尔特领鲁洛洛那村的奴隶成交价非常高。”

“……为什么？”

为什么我要买的奴隶会那么贵啊？

如果是命运之类的在阻挠我的话，我真想干掉设定这种命运的人。

不……交易里是不存在什么命运的，价格高一定有原因。

因为这批奴隶经历过浪潮？

不对。如果是这样，那价格早就炒高了。

“价格是从什么时候开始涨的？”

“差不多是一个月以前吧，赛阿尔特领鲁洛洛那村的名声，应该就是从那个时候开始响亮起来的。”

一个月前……那时候我们还在绊那边的世界。而两个世界

的时间速度并不相同，大概也就是灵龟刚刚被打倒前后吧。

“……是因为我们吗？”

灵龟毁灭了很多国家，联合军打败了灵龟，而盾之勇者就是联合军的统帅。

这场战斗中表现最亮眼的奴隶是拉芙塔莉雅，她的出生地就是赛阿尔特领鲁洛洛那村。

随后，盾之勇者带着奴隶追踪敌人而去，民众的注意力自然被吸引到了这个方向。

大家对拉芙塔莉雅本人的兴趣不大，她的出生地和亚人身份反而引起了广泛的关注……虽然可能是我想多了，但是这个逻辑是合理的。

“真不愧是盾之勇者阁下。”

“居然猜对了……”

“其实我们也只是推测，但是这个可能性是最大的。”

啧……没想到英雄之举还会有这种负面影响。

“我记得最开始是有个商人挂出了高额悬赏。随着勇者阁下和鲁洛洛那村奴隶的呼声越来越高，不管真假，只要挂上鲁洛洛那村亚人奴隶的名号就能标个高价。”

就算无法判断买来的奴隶是不是真的出身于拉芙塔莉雅的家乡鲁洛洛那村，也有人愿意出高价，奴隶的价格就更加水涨船高。

这就是那种桥段了，抛开奴隶市场不谈，股票市场里也有这种——就是所谓的“泡沫”。

什么时候会崩盘不得而知，拿日元牌价来打比方会比较容易理解吧。

现在就是日元莫名其妙高涨的时期。大家都在买入日元，日元的价值持续提升。虽然也有人在出售，但是买入的人更多，这样一来日元就非常贵。

“亚人奴隶真是要多少有多少。再怎么奇货可居，假货那么多，也不至于贵到什么程度吧。”

“正是如此，所以卖高价的奴隶都要会使用梅尔罗麦克的官方用语，甚至要求会说赛阿尔特领的方言。”

这不是可以学的吗？

不过话说回来，母语的影响确实根深蒂固。

我以前认识一个家伙，他本人好像一直没意识到自己说话带有家乡口音，但是懂的人一听就知道哪里不对。

价格之所以居高不下，也有这方面的原因吧，毕竟只有梅尔罗麦克鲁洛洛那村的人才分辨得出来。

“怎么会……”

拉芙塔莉雅摇晃着后退了几步。

我扶住了拉芙塔莉雅。

“那我准备的钱够吗？”

“老实说，有点困难。”

“黑市的奴隶贩卖马上就要开始了。勇者阁下应该亲眼去看一下现场到底是什么样的吧。”

连奴隶商人都不能买，到底是什么情况呢？

看这里的经营规模，他们应该是很有钱的。

“唔啊啊啊……”

莉西亚也发出了烦人的声音。

“总之先去看看吧。”

“那么这边请。”

奴隶商人他们在前面带路，我们披着斗篷，趁着夜色走上了哲尔拓普鲁的街道。

我们穿过小巷，又路过了不少的店铺，来到了一间酒馆。

奴隶商人走到柜台前。

“我要一杯goodnight binary。”

老板挑了挑眉看了我们一眼。

“配什么？”

“就配loose winner money。”

老板听他这么说，于是打开了柜台，让我们进了他身后的一扇门。

我们就这么走进去，沿着门后的楼梯进入地下。

他们刚才说的是暗号吗？

最后，我们终于来到了位于地下的巨大会场，坐在了看起来像是特等席的位置。

“这里就是今晚的会场了。”

“哦……”

这里就是举行非法决斗的黑市会场，看上去像是个歌剧院——打比方的话，就像偶像明星的演唱会一样。

“勇者阁下先来学习一下拍卖场上买东西时需要使用的手势吧。”

呜哇，好麻烦。

奴隶商人给我展示了一下不同金额对应的手势。

从在对方的价格基础上加一枚铜币、一枚银币、一枚金币开始，再到加倍、五倍、十倍。就在奴隶商人教我怎么告诉主办方我要出多少钱的过程中，拍卖开始了。

人类、亚人、兽人，各种人种登上了舞台。

小孩、成年人、老人、男人、女人，从种类到血统，奴隶作为商品，有着详细的品质说明，甚至还包括出生地、等级、魔法资质，算得上是非常细致了。

“接下来是这个奴隶，他在角斗场上的战绩是十战七胜。”

一个体格不错的奴隶被拉到聚光灯下。

“角斗场的战绩？他是雇佣兵吗？”

而且他的战绩也很难评价，算好吗？

“是的。因为他欠了很多钱，被债主当奴隶送到角斗场去参赛了。”

“哦……”

我看向拉芙塔莉雅。

她正盯着舞台上的奴隶看。

“接下来是今天的重点商品！鲁洛洛那村的亚人奴隶！”

聚光灯照了过去。

就是那个吗？看上去只是个小孩的亚人奴隶战战兢兢地站在那里。

“……不是。”

拉芙塔莉雅摇了摇头。

“我们村子里没有这个孩子。虽然有点相似，但并不是。”

“假的啊……”

不过反正其他人是无法分辨的，总之只要贴上鲁洛洛那村的标签卖个好价钱，之后的事情又有谁会去管呢？

“起拍金额是二十枚金币！”

二十枚金币？好贵！

“二十五枚！”

“三十枚！”

价格还在不断上涨。

明明是假的，还能卖这么贵！这样下去，真的上来了我也买不起啊！

“唔啊啊啊……”

“尚文大人……你的脸色怎么比我还差啊？”

"啊？哦……"

话说回来，现在正在竞拍的这个奴隶，看上去非常衰弱。

就算他是真的，恐怕也没命等到泡沫过去价格回落了。

不，可能正是因为能卖到高价，对他的待遇应该已经算好的了，结果他还这么虚弱。

就算有真的，也有可能被当成假的对待，衰弱而死。

再考虑一下拉芙塔莉雅、基尔还有其他奴隶的经历，很可能之前就已经遭受过虐待。

老实说，他们的状态非常危险，必须尽快得到保护。

糟糕了……现在已经没办法用钱解决问题了。

现在连梅尔罗麦克的女王都不能为我提供金钱援助，灾后重建已经快要压垮她了。

"就算找到真的……现在这个情况……"

我已经在考虑要不要放弃了。

可是，拉芙塔莉雅和小拉芙都满腔期待地看着我。

被这样的眼神看着，我怎么能拒绝她们呢。

"看来，必须得快点赚到钱把他们买回来才行……"

要靠到处卖东西赚钱一个一个买回来吗？

不行，这样太花时间了，而且那点钱根本不够。

我还得每天晚上到拍卖会上盯着，就算要等别人买下后再去交涉，至少也得准备比成交价更多的钱才行。

如果我能灵活运用盾之勇者的身份……也不行。本来价格就已经很高了，如果对方知道买家是有名的人，消息传出去，价格只会更贵。

那闯进买家家里直接没收呢？

也不行。奴隶纹里有些条件是性命攸关的，这种行为风险太高。

要不散布有关鲁洛洛那村的负面谣言，戳破价格的泡沫？

无论哪种方法都需要时间。

还可以去找亚人的国家希尔拓贝尔特或者希尔多弗里坦的人哭诉，让他们买下来。

但那是最后的手段了，最好还是别用那种方法。

如果一个弄不好，被他们掌握了这些亚人当人质，那我可就得听凭他们差遣了。

现在是为对抗浪潮做准备的关键时期，如果被卷入希尔拓贝尔特的烂摊子里面去，风险就太高了。最糟糕的情况下，连拉芙塔莉雅都可能在阴谋中被波及。

……必须在短时间内赚到一大笔钱。

就没有其他可行的办法吗？

黑市拍卖会……哲尔拓普鲁……雇佣兵与商人的国度。

这么说起来，之前奴隶商人也提到过这件事。

“对了，奴隶商人。”

“什么事？”

“去角斗场有多赚钱？”

虽然我们现在还处于虚弱状态，但是总比普通的冒险者、骑士和战士们强得多。

如果隐瞒勇者身份参与角斗场的比赛，再赌自己赢……虽然不是赛马，但也是一本万利了吧。

“那可是有赔有赚了。”

“就说赚的吧。如果我们隐瞒身份参加赌局……就按赢了最危险的比赛算，够买下涨价的奴隶吗？”

“请稍等一下。”

奴隶商人开始和他叔叔嘀嘀咕咕地商量起来。

最后……

“应该够。但是这种行为无法保障生命安全，算得上是铤而走险了。”

“呼……够了就行。”

死亡的风险，我迄今为止也经历过不少次了。

与浪潮对抗，与阴谋对抗，与宗教对抗，与灵龟对抗，还在别的异世界战斗过。

我曾经多少次与死神擦肩而过，今后也会继续下去。

那么——这次就让我们在角斗场里战斗，拯救拉芙塔莉雅的故乡吧。

“……”

拉芙塔莉雅一副不知所措的表情，乞求般地看着我。

小拉芙也一样。

莉西亚被我的决定吓到了，菲洛则一副不解的样子歪着头。

“放心吧，拉芙塔莉雅。我一定会把你的同乡带回来的。”

“尚文大人……”

听我这么说，拉芙塔莉雅露出了安心的表情。

我也知道自己的决定很鲁莽。

我为了拉芙塔莉雅这么做，自然有我的原因。

“谁让我们没有足够的钱买下贵价奴隶呢。虽然也称不上是什么好方法，但是在角斗场可以赚到买回拉芙塔莉雅同伴的钱。不好意思啦，不是什么来路干净的钱，但我们也没有别的办法了。”

拉芙塔莉雅用力点了点头。

就这样，我们准备通过奴隶商人的门路，参加危险的决斗。

第十一话 奴隶狩猎

第一步，就是要筹措赌资。

既然要下注，那肯定是越多越好。

另外，如果被别人知道我是盾之勇者，那利润就会大幅度减少。

要赚大钱，得有一笔本金。

我也考虑要不要利用传送技能搞梅尔罗麦克快传服务。

我以前玩过的网游里，也有类似的赚钱手段。

梅尔罗麦克和哲尔拓普鲁之间，单程都要花费两周的时间，如果一瞬间就能抵达，应该也会有很多人愿意花钱吧。

问题就在钱上，就算再怎么要高价，一个客人最多也就是五枚金币吧。

客人的口碑也是很重要的。

为了不被当成偷渡者，还需要梅尔罗麦克那边负责盘查的人的配合。只是，如果用这个办法筹钱，在这个过程中我肯定又名声在外了。

而且一次只能送六个人也是个问题，最好还是不要用这个办法。

我们回到了奴隶商人的地下市场。

我对着一脸担忧的莉西亚摇了摇头。

“你怎么了？”

“唔啊啊啊……”

“放心吧，莉西亚，我不会让你参加的。”

“嗯……”

不知道菲洛是不是觉得空气不好，情绪有点低落。

“就算把绊那边带回来的东西拿去卖，从效率上来说，还是太花时间了。”

比如魂愈水，要证明这东西的神奇效果就已经很麻烦了。

还有归途的抄写这类道具，就算宣传它能直达龙刻的沙漏，但是本身就数量有限，卖不了很多钱。

能查看掉落物品的道具目前也还在分析的阶段。

这些道具不批量生产就没有用，虽然我知道怎么制作，但是还没试过在这个世界可不可行。

“那么，我来准备参加比赛的手续。”

“好，什么危险程度都无所谓，找最赚钱的就行。”

“盾之勇者阁下会有什么样的结果，我很期待。”

“我现在心情不好，你最好趁我还没发火快点办事去。”

“现在的眼神和刚才完全不同，根本就是恶魔啊……真让人兴奋。”

“我们先回村子一趟吧。”

现在情况不同了。就算要采取对策，也有必要先回去一趟。

“是啊，应该把情况跟基尔他们也说明一下吧。”

“不太好说出口啊。”

虽然加上基尔，鲁洛洛那村出身的人也只有四个，但那几个家伙现在对重建村子充满了希望，这种时候要去告诉他们，他们的同伴被卖了高价，能不能救回来还是未知数，也太难开口了。

“无论如何也得说啊。我们走了，奴隶商人。”

“那我就期待明天再见了。”

虽然我根本不想跟他再见，但是一想到这也是为了村子，我还是随便挥了挥手，用传送技能记录好地点，返回了村子。

结果一回到村子我就大吃一惊。

“怎……怎么了？”

“这是怎么回事？”

包括我在内，拉芙塔莉雅、菲洛、莉西亚还有小拉芙都愣住了。

映入我眼中的，是村子里一栋燃烧的建筑物，本来应该待命的士兵们手持武器，正在高声呼喝，慌忙向村子外跑去。

“喂！怎么了？”

“啊！盾之勇者阁下！奴隶狩猎又开始了！狩猎者袭击了这个村子！”

士兵们看到是我，都露出了稍微安心的表情。

奴隶狩猎？都这种时候了，居然还有人做这种事！

太胡闹了！

我刚才也跟奴隶商人说过，我现在心情非常不好。看来得干掉他们。

“怎么会——”

“拉芙塔莉雅！”

拉芙塔莉雅握住长刀向喧闹的方向跑去。

“菲洛！你去和拉芙塔莉雅一起，干掉那些狩猎者！莉西亚，你负责照顾伤员和保护不能战斗的家伙。士兵们去隔壁镇，把情况报告给艾克蕾尔！”

“唔啊啊啊！”

“我们已经派人去了！”

士兵们的回答让我放下了心。看起来他们应对突发状况的能力比我预想的更好。

我追在拉芙塔莉雅身后，发现村子已经被狩猎者包围了。

村子里一共有十名奴隶，再加上守卫的士兵，人数也不算少，但是狩猎者好像更多，现在夜色太深，我完全无法判断对方的人数。

就算是这样，也得先打一架再说。

“老实点束手就擒吧！”

“哈！”

拉芙塔莉雅一刀就把冲过来的狩猎者砍倒了。

“啊——”

狩猎者喷出鲜血，倒在地上。

虽然只是目测，但这个人应该没有提升过等级上限吧？

或者说，就算对方提升了等级上限，在拉芙塔莉雅的刀面前也是没有意义的吧？

“我们要守护村子！上啊！”

我听到了基尔的声音。

武装的基尔正带领着村子里的奴隶，与狩猎者们战斗。

虽然有点不放心，但可能因为她也是我培养的奴隶吧，还挺能打的。

她和拉芙塔莉雅提升等级上限之前的水平差不多。

我相信，在能力方面，她不会输给狩猎者和盗贼这类人。

“居然还敢抵抗！我们可不会手下留情了！呜哇——”

狩猎者挥剑攻击基尔，脚下却突然冒出一个坑，整个人都掉了进去，就剩下头露在地面上。

怎么回事？我正在疑惑，伊米亚从地里钻了出来。

“谢啦！小伊米亚！”

伊米亚对着基尔竖起了拇指。

原来是伊米亚在地下挖了个坑。

“呃啊啊啊！”

菲洛的随从一号狠狠踢飞了一个狩猎者，保护了奴隶们。

其他的魔物也都表现得很好。

“就是现在！”

其他的狩猎者看到基尔和伊米亚的破绽，一拥而上。

“气波盾！”

我召唤出盾牌护住了他们。

“流星盾！”

我又制作了一个结界，把基尔他们和奴隶狩猎者隔开。

“哥哥！”

“你打得还不错嘛。”

“嗯！我们这次……要守住村子！”

基尔眼中浮现出坚定的神色。

没错，你们现在已经不是只能被别人保护的奴隶了。

面对奴隶狩猎这种违背伦理的行为，你们已经有力量为了守护村子和村民而战了。

“都是因为有哥哥，我现在才能战斗！”

“是吗，伊米亚也表现得很好。”

“啊……是！”

伊米亚也很骄傲。

“哈啊啊啊！”

就在这个时候，拉芙塔莉雅仿佛鬼魅一般，浑身充满杀气，与攻击我方的奴隶狩猎者战斗着。

对方虽然没有丧命，但也不能继续战斗了。

“拉芙唔唔唔……”

小拉芙浑身的毛发倒竖，也在和拉芙塔莉雅并肩战斗。

它一下子张嘴撕咬，一下子又用尾巴殴打，还会用幻觉迷

惑敌人，出其不意。

“好！各位！我已经回来了，大家放心地上吧。敢袭击我们的村子，给他们点厉害看看！”

“哦！”

听了我的呼声，奴隶和魔物纷纷响应。

“没想到盾之勇者居然回来了。他不是出远门了吗？”

一个奴隶狩猎者一边和拉芙塔莉雅拼刀，一边小声嘀咕。他应该挺厉害的吧，战斗中很熟练地同时使用了魔法和剑术。

这家伙挺强的。

“你们大概是专门趁我不在来偷袭的吧，太遗憾了，勇者可是有传送技能的。”

以为出门了就回不来，那是你们自己的见识太少了。

“拉芙塔莉雅！”

“怎么了？”

“你能不能照亮整个村子？我想看看狩猎者有多少人，还能顺便给隔壁镇的家伙们照明。”

“知道了。”

拉芙塔莉雅挥开对面的敌人，退到我身边，把刀收回刀鞘，开始吟唱魔法。

“菲洛！”

“嗯！菲洛会保护大家的！”

菲洛对着狩猎者一阵乱踢，接着基尔她们几个擅长战斗的奴隶再来收尾。

只不过，其他人战斗力比菲洛低，不是那个厉害的狩猎者的对手，反而有点被压制了。

“流星盾！气波盾！第二盾！攻击辅助！”

我站在最前方，一边释放技能保护包括菲洛在内的所有人，一边接住了奴隶狩猎者的攻击。

我一把抓住奴隶狩猎者的手，把他甩给了菲洛。

“呃啊！”

奴隶狩猎者理所当然地被菲洛踢倒了。

“拉芙！”

小拉芙的尾巴膨胀起来，好像是在帮拉芙塔莉雅吟唱魔法。

“力量之源听吾号令。世间真理在此解读，照亮这里吧！”

“高级·光芒！”

拉芙塔莉雅制造出光球抛上天空。

魔法的光芒化作照明弹照亮了村子，这也会成为援军的指路明灯吧。

趁着光球上升，我清点了奴隶狩猎者的人数。

一、二、三……还挺多的。

黑暗里藏了不少人，不止三十人，加上村子附近的，应该有五十人了。

现在村子里的本地人，算上拉芙塔莉雅也只有五个，居然召集了这么多人来狩猎。

我真的被他们的贪婪震惊了。

当然，如果抓到这些奴隶送到哲尔拓普鲁去，一个最少也能卖三十枚金币，这些人也是为了钱而来的。

“哈！”

拉芙塔莉雅吟唱完魔法，又马上冲出去砍那些奴隶狩猎者。

真是像鬼魅一样。

毕竟这里是她要保护的最重要的地方。

“刚刀·霞十字！”

拉芙塔莉雅手持双刀，毫不留情地砍倒了狩猎者。

她的姿态就像在战场上起舞一般美丽，这应该不是我的错觉吧。

“拉芙塔莉雅……好厉害。”

“好像在跳舞一样。”

村里的家伙都看着拉芙塔莉雅出了神。

“别分散注意力！”

拉芙塔莉雅高声提醒大家，她们才反应过来，对奴隶狩猎者展开反击。

“唔……”

“你们在干什么呢！”

一个穿着深色盔甲的人出现在敌阵，看起来好像是对方的首领。

“这家伙是——”

包括拉芙塔莉雅和基尔在内，村子出身的人都瞠目结舌。

怎么回事？认识的人吗？

“再这么浪费时间，计划就要失败了！你们抓住几个了？”

“呃……”

看那些狩猎者们支支吾吾的，首领不耐烦地咂了咂嘴。

又有不少行动敏捷的家伙进入了村子。

“啧！你们该不会觉得盾之勇者回村了就能怎样吧！虽然是勇者，但也只是盾之勇者而已。看准机会一个一个抓呀！”

他就是那种总提出不切实际要求的上司吧。

比起他的命令，我更关注拉芙塔莉雅她们的反应。

“这家伙！这家伙！”

基尔比之前更气愤，她脸上的表情都扭曲了。

拉芙塔莉雅虽然保持着冷静，但是我知道她是真的生气了。

证据就是她的尾巴，以前从来没有膨胀到这么大。

“拉芙塔莉雅、基尔，你们认识他？”

我用盾牌指向奴隶狩猎者首领的方向。

“是的，他就是之前到我们村子里来狩猎……杀光村里大人的梅尔罗麦克的士兵！”

“哦……没想到之前逃跑的浣熊种居然跟着盾之勇者啊。”

奴隶狩猎者的首领好像也想起来了……这个梅尔罗麦克的士兵晃了晃手里的剑。

他的剑术应该有些造诣吧。

现在的基尔他们好像还不是他的对手。

“岩谷阁下！你们没事吗？”

这个时候，艾克蕾尔和驻军士兵也赶到了。

“你们……”

“据拉芙塔莉雅所说，他们都是国家士兵呢。艾克蕾尔，具体怎么回事你知道吗？”

“啊，他们就是这片领地遭受浪潮侵袭之后来狩猎亚人的士兵。我听说岩谷阁下洗脱罪名之后，他们就逃走了。”

“原来如此，也就是说，他们是在接受处罚之前就叛国的逃兵咯。”

听我这么说，这些充当奴隶狩猎者的士兵都恶狠狠地瞪着我。

那么，现在应该怎么办呢？

关键是基尔他们这些还没有提升等级上限的人。

万幸的是没有人真的被奴隶狩猎者抓到。

但是，对方的人数也相当多。就算我不会有事，也不能保证其他人都不会有事。

从物理层面来说，我最多能控制住四个人。

现在目测对方最少也有五十个人，要保住基尔他们还是很困难的。

虽然对方阵营中只有一小部分提升了等级上限，但如果他们都冲到最前面，我能对付得了吗？

不过，至少对于拉芙塔莉雅和基尔她们来说，这也是一个机会，毕竟让自己陷入不幸的元凶就在眼前。

奴隶狩猎者看到情况开始变得不利，似乎也打算逃走。

但是，基尔和拉芙塔莉雅可不准备放他们走。

“啧！明明是个盾还挺猖狂。就因为你来了，我们才会被追捕！”

“谁理你啊？反而是你们，领主一死就来狩猎领地上的居民，根本没有做人的底线吧！”

“当然有啊！你什么都不懂！”

哦？他还生气了。

……啊，我明白了。

“你说的是邪教三勇教的教义吗？很遗憾。那些教义现在已经作废了。”

“你小子！”

虽然声音很大，对方却没有动手。

可能他们也知道攻击我是没有意义的吧。

不，看他们的眼神就知道了，他们一定有什么计划。

“这个如何！”

奴隶狩猎者突然一起向村子的建筑物射出了火箭。

这可麻烦了……

“快灭火！”

可恶，这可真是寡不敌众了。

当然，就算是这样，我们也不会放弃。

“拉芙塔莉雅、基尔，你们能对付他吗？”

“嗯……”

“保护大家！”

拉芙塔莉雅轻轻点点头，基尔坚定地回答我。

“好……那我们就让他们尝尝报应的滋味。”

我轻轻地吟唱魔法，给拉芙塔莉雅和基尔身上施加了防护效果。

“中级·灵气！”

全部能力都得到提升的拉芙塔莉雅和基尔对奴隶狩猎者首领展开攻击。

“菲洛把边上的家伙都踢飞！带着你的随从一起！”

“好！”

“嘎！”

菲洛带着她的随从一号，去对付包围村子的奴隶狩猎者了。

“岩谷阁下！”

“艾克蕾尔，就算他们以前都是你的同僚，你也不能手软。抓住这些叛国贼！”

“我知道！”

艾克蕾尔和士兵们纷纷响应。

“你们原本计划得挺好，可惜了，你们想来这里烧杀抢掠，现在恐怕要被反杀了。”

为了保护拉芙塔莉雅，我也紧跟着冲了出去。

“啧！所有人！撤退！”

首领挥舞手中的长剑，命令手下撤退。拉芙塔莉雅和基尔各自拿着武器对他展开攻击。

首领横剑防守，挡住了拉芙塔莉雅的攻击，同时还想踢飞基尔。

基尔好像看穿了对方的攻势，退后半步成功避开了。

“呀哈！”

“唔！”

首领的剑拦住拉芙塔莉雅的刀，想把拉芙塔莉雅推开却没有成功，基尔趁此机会一剑划过他的盔甲。

“可恶！区区亚人胆子不小！”

刀剑相交的部分迸出了火花。

是魔法吗？他还挺厉害的。

仔细一看，原来他身后也有人吟唱魔法进行辅助。

“还没完呢！”

拉芙塔莉雅没把爆炸放在眼里，旋转刀身来了一记横劈。

“啊！”

对方的眼神倒是不错，但是他忘记了重要的一点——

“很遗憾，你搞错了自己的对手。要不是你蠢到来袭击盾之勇者守护的村子，大概还有机会多活几年吧。”

没错，他忘记我还在呢。

我抓着首领的衣襟把他扯了过来。

“唔……放开！”

“怎么可能……别想躲开了，尝尝这个滋味吧，这就是盾之勇者的战斗方式。”

我用眼神示意拉芙塔莉雅和基尔。

“我来了。”

拉芙塔莉雅先把刀收回刀鞘，又拔刀使出了绝招。

“瞬刀·霞一文字！”

“这是为大家报仇！”

在拉芙塔莉雅之后，基尔的剑也命中了。

“唔哇啊啊！”

这家伙必须为自己的行为付出代价。

我把盔甲都被砍碎的首领推出去，他就那样倒在了地上。

“呀！”

可能终于意识到自己的对手不好惹了吧，奴隶狩猎者们发出了恐惧的叫声。

虽然我没有使用暴怒之盾，但是在这些人的眼中，我恐怕已经与怪物没有区别了。

“接下来，是忏悔的时间……你们，为自己的所作所为付出代价吧。”

后来就完全是一边倒了。

我们抓住了大多数狩猎者。

被拉芙塔莉雅和基尔打倒的首领居然还活着。

我还以为他已经死了呢，看来是她们没下杀手。

“怎么没干掉他？”

“嗯……”

拉芙塔莉雅好像想把他们送回城堡，让他们接受应得的惩罚。

“好啦……”

我看着奴隶狩猎者们被五花大绑地扔在村子的广场中。

居然有这么多，亏他们能找来这么多人渣。

“可恶！这些家伙根本是怪物！”

“情报明明说他们虽然有点等级，但我们也对付得了啊！”

奴隶狩猎者中的下属不停地对上司抱怨着。

真不愧是人渣啊。自己打了败仗，还要怪上司。

“很遗憾，这就是勇者的庇护，在这方面也是有效的。”

“呃……”

“赢了……我们赢了！”

唔哦哦哦哦哦！

包括基尔在内，村子里的奴隶们都发出了胜利的欢呼。

伊米亚和那些好像挺喜欢魔物的小孩子们也在分享着喜悦之情。

看上去与是不是这个村子出身也没有什么关系。

反正他们都只是一群心灵受过伤害的人而已。

打败这些卑鄙的奴隶狩猎者，对他们来说也是一次不错的经验吧。

“是啊，我们赢了。今天，我们总算是拿回了那天被抢走的旗帜。”

拉芙塔莉雅握紧手中的刀，看着远方默默地说道。

“旗帜啊……你就那么想要吗？”

“不，不是那个意思……”

“拉芙塔莉雅，这件事……”

艾克蕾尔很抱歉地对拉芙塔莉雅说道。

“对不起。明明我在这里，还让这种事情发生了。”

“不要放在心上。对了，艾克蕾尔，这个村子有自己的旗帜吗？”

“嗯？以前应该挂的是我父亲赠送的旗帜。”

原来如此，她说的就是那面旗帜吧。

“艾克蕾尔，作为胜利的奖赏，你能把那面旗帜再挂在村子里吗？”

“尚文大人？”

“这是我们回来之后，做出那么多努力的成果。拉芙塔莉雅，你们村子的历史现在才要开始呢。”

听我这么说，拉芙塔莉雅缓缓闭上了眼睛，仿佛沉浸在回忆之中，最后她睁开眼睛点了点头。

“我明白了。那就拜托了。”

反正基尔他们好像也很重视那面旗帜。

我上次一时兴起给他们做了儿童套餐，结果他们几个都兴奋得不得了，紧紧握着上面的旗子，里面也包含了这层意思吧。

“好啦。”

我结束了和拉芙塔莉雅她们的对话，转头去看地上的那些奴隶狩猎者。

“这些家伙怎么处理？”

“按照惯例，应该押送回城堡，让他们接受应得的惩罚。”

“看样子，这是有计划的行动。”

“当然，我认为这个罪是很重的。应该会先把等级归零，再派去强制劳动吧。”

“不处刑吗？”

“主犯原本是要处刑的。但是……”

艾克蕾尔看着大概是主犯的原士兵。

“这些家伙的家族在梅尔罗麦克也是有名望的。就算最后会处刑，恐怕也会拖延很久。”

“如果强制执行又会引发贵族的不满，反而会危及女王的地位吧？”

艾克蕾尔点头认同了我的说法。

虽然是王权制国家，但还是这么麻烦。

可能也是有恃无恐吧，这些逃兵才能这么嚣张跋扈。

他们是不是对自己的立场有什么误解？

“血脉是很重要的。最糟糕的情况下，在与女王有血缘关系的大贵族操纵下，王位可能会落入对他们最有利的人手中。经过灵龟事件之后，国力衰退，现在这种状态下，这种事情也不是不可能发生的。”

“给远亲吗？”

这就是那种桥段了吧。王族成员也不可能只有女王的两个女儿，还有什么分家本家之类的。到时候只要推举出一个容易控制的人，发起革命攻陷城堡，就可以给国家换一个首领了。

“贵族们会巧立名目，比如‘在国家混乱中不幸失踪的士兵，好不容易回国了，又被冠上莫须有的罪名惨遭逮捕’之类的。”

“明明罪名都是真的。好麻烦啊，干脆就说他们都拒捕战死了吧。”

这种家伙活着也是祸害，以后肯定会回来报复我们。

相比之下，还是让他们从这个世界上永远退场更好一些。

“如果使用岩谷阁下的勇者权限，可能这样做也好。但我本人还是想遵从这个国家原本的规则。”

“哪怕拖延很久，最后也没有被处刑，只是强制劳动也没关系吗？”

这件事是在艾克蕾尔父亲的领地上发生的，如果他们最终逃脱了惩罚，受害者可就死不瞑目了。

“我明白……我也不会原谅这些人。但是……”

“如果本地发生的事情可以由管理本地的贵族自己决定怎么处理就好了。”

“原本确实是……就算是现在，我们也可以决定怎么处理这些人的手下。”

“那当然是处刑啦。”

都不用得到女王的同意。

“只是，他们为什么这么执着于狩猎奴隶？在知道原因之前，是否处刑还言之尚早……”

“啊，原来是这么回事……正好，我顺便也把情况跟村里的人讲一下。大家过来集合！”

我举起手，把村子里的人叫过来。

接下来，我解释了这个村子里的人在哲尔拓普鲁得到了什么样的待遇。

“也就是说，他们的计划就是狩猎这个村子的人，再高价贩卖到哲尔拓普鲁去？”

艾克蕾尔瞪着那些奴隶狩猎者，表情比刚才更严肃狠厉了。

“怎么会这样……那村子里的大家就再也回不来了吗？”

基尔不安地追问道。

“不会的。我会想办法把他们都买回来。问题是，以后还会有这种人来袭击我们的村子。”

高价奴隶居然还会引发这样的问题。

必须制止这个村子的奴隶不断升值的情况。

麻烦事越来越多。

现在首先要做的就是强化这些家伙自身的能力。

他们距离提升等级上限还有些差距。

“哥哥！要去角斗场战斗的话，我们也去！”

可能是因为刚打了胜仗，基尔她们几个有战斗意愿的人全都站了出来。

“嗯……让你们参加也不是不可以，但也有风险啊。”

虽然也不是完全不可行，但是如果真的把她们带到哲尔拓普鲁去，万一被人发现她们是这个村子的奴隶就糟糕了，这才是最大的风险。

在那种鱼龙混杂的地方，一旦被人绑架，想找回来可就难了。

虽然可以用奴隶纹追踪，但是对手也不是白痴，一定会想方设法尽快覆盖掉奴隶纹吧。

我想一次性赢上足够的钱，把奴隶都买回来。

因为急着用钱，这次的计划已经不是单纯地利用角斗场的比赛赚钱了。

要实行我的计划，还需要凑够一笔赌本。

这笔赌本也必须足够多才行。

毕竟我们是勇者和勇者的同伴，计划本身就是以胜利为前提，但是如果赢得太明显，又吸引不了赌徒下注。

虽然我基本没赌过马，但是一看就会赢的马下注的人也多，最后赢了也没有多少奖金。

这种事情，必须在声名大噪之前就下大注才有意义。

有什么值钱的东西能卖？如果这时候有一堆黄金就好了。

想到这里，我看了看地上的狩猎者，突然有了一个想法。

“我想到好办法了。”

我脸上浮现出一个邪恶的笑容。

拉芙塔莉雅看着我的笑脸，好像意识到什么，一时间都呆住了。

“尚文大人，你又想做什么奇怪的事情了吧。”

“是啊，我去找人。你们等我一个小时吧。”

我用传送技能来到了哲尔拓普鲁。

然后……

“啊呀？盾之勇者阁下，您不是返回村子了吗？”

“啊，有点事。你跟我来一下。”

等一个小时之后传送的冷却时间结束，我就带着奴隶商人和他的下属返回了村子。

“尚文大人？那个……你去找谁……”

拉芙塔莉雅看清了我身后的奴隶商人，困惑地歪着头。

村子里的人都很好奇地看着我们，艾克蕾尔和士兵们看到奴隶商人则是皱起了眉头。

“艾克蕾尔，这些家伙现在还没有正式转交给国家，对吧？”

“确实是这样……岩谷阁下，你准备做什么？”

“别管了，你就看我的吧。我想到了一个好办法。”

“艾克蕾尔小姐，请小心一点，尚文大人在这种状态下总会说出非常离谱的话。”

拉芙塔莉雅对我的信任呢，到哪里去了？

我自己其实也知道，这种时候我确实会很离谱。

如果告诉他们我是怎么卖魂愈水的，他们也会大吃一惊吧。

绊她们那时候也是为了自己的面子，才故作平静呢。

“如果你敢对我们做什么，我可不保证你能全身而退。”

奴隶狩猎者的首领还在恐吓我。

这家伙大概还觉得反正自己性命无忧吧。

他多半觉得我们不会做威胁女王地位的事，太自以为是了。

“放心吧。就像你们所希望的一样，所有人都不会死的。”

小杂兵们听我这么说，都松了一口气，只有首领还在疑惑。

看起来他的脑子还是挺好用的。

“奴隶商人，能把这些家伙变成奴隶吗？”

“可以的。”

“难道你想把他们变成奴隶，协助开拓工作，顺便对抗其他狩猎者守护村子吗？”

艾克蕾尔的想法果然很天真幼稚。

其实这也不失为一个办法，只要在奴隶纹上设定反抗就会死的严厉惩罚就可以实现。

但是，这种方法有个致命的缺点。

“如果他们找到机会，叫伙伴来解除怎么办？我们可不能这么粗心。”

奴隶狩猎者们大概也这么想吧，所以不知道我在笑什么。

“把他们变成奴隶只是方便编入队伍，为下一步的行动做准备。”

“你……你想做什么啊？”

莉西亚战战兢兢地问道。

原来她也在啊。莉西亚从刚才开始就一点都没有存在感。

“我要把这些家伙送到哲尔拓普鲁去，然后卖掉。嗯，作为奴隶。”

“什么——”

艾克蕾尔不知道说什么好，拉芙塔莉雅也叹了口气。

没错，现在我们最需要的，就是用来在角斗场下注的那一大笔赌本。

所以现在必须先筹措一大笔钱，我想尽量多准备一些。

当然，就算我把这些奴隶狩猎者当奴隶卖掉，想救他们的贵族还是可以出钱把他们买回来的。如果一个不小心，也可能会让他们跑掉。

可能是明白我要做什么了，奴隶狩猎者们又重新有了信心。

大概他们觉得自己反正也卖不了多少钱吧。

我又怎么可能这么轻易就放过他们呢？

“对了，奴隶商人，你在希尔拓贝尔特有亲戚吗？”

“当然有了。”

“这样啊。那就把这些家伙卖给那边的亲戚。标签嘛……就定为——狩猎盾之勇者御用奴隶，暨原赛阿尔特领亚人的奴隶狩猎者。”

我的话音刚落，奴隶狩猎者的脸色就变了。

与之相反的是，奴隶商人脸上露出了前所未有的灿烂笑容。

首先是“盾之勇者御用”这个名头，对于信仰盾之勇者的国度来说，算是一个有价值的元素。其次是赛阿尔特领，在这里生活的亚人原本可以成为沟通梅尔罗麦克和希尔拓贝尔特之间的桥梁，却被奴隶狩猎者大量屠杀，剩下的也被当奴隶卖掉，这批人在希尔拓贝尔特都是恶名昭彰的。

在希尔拓贝尔特的亚人眼中，又会如何看待这件事呢?

肯定是非常让人愤怒的恶行吧。

现在我把他们变成奴隶，再卖过去，又会如何?

作为发泄压力的一种方式，就像拉芙塔莉雅她们被本国的贵族虐待一样，这些人在那边也会受到同样的待遇吧。

简直就是全身心地为自己的行为付出代价了。

“胡……胡说八道！要把我们卖给希尔拓贝尔特？勇者怎么能做这种事？”

奴隶狩猎者的首领大声怒吼。

“和屠杀贩卖自己国民的士兵相比，我的行为好得多了。你们也知道奴隶们经历过什么样的地狱生活吧？”

“这根本不是一回事！我们不应该受到这样的对待！”

“为什么你们自己不愿意经历的事情，却要强迫别人去经历？”

对方已经哑口无言了。

身为士兵，本身就很可能在战斗中被杀，却害怕作为奴隶被虐待，怎么会有这么愚蠢的人呢?

“我就把我原本世界里知名度很高的台词送给你们吧:有被杀的觉悟，才有杀人的资格。”

这原本是一个心灵备受煎熬的侦探的台词。

自己都不愿意体会那种痛苦，又怎么有资格让别人感受痛苦呢?

“不可能！你们亚人本来就应该痛苦至死！我们高贵的人类怎么能和低劣的亚人相提并……唔！”

他太吵了，我用布条封住了他的嘴。

不过这些家伙因为恐惧而扭曲的面孔还是很壮观的。

虽然还比不上垃圾和贱人给我下跪那么让我愉悦，但让他们付出这个代价也是应该的。

都是因为他们，这里的人才变成了奴隶。

这次轮到他们做奴隶了。

“艾克蕾尔，因为你性格比较认真，可能无法认同这样的做法，但是这些家伙必须为自己的所作所为付出代价。而且我要用出售这些人的钱做本金，换回这个村子的人。”

“呃……”

艾克蕾尔看起来不太情愿，却也没有再说什么。

毕竟就算把他们上交给国家，他们也可能只受到很轻的惩罚就被释放了。

“还有……艾克蕾尔，这也算是杀鸡儆猴了。不然总有奴隶狩猎者来村子里骚扰，那可就麻烦了。”

如果不让他们受到严厉的惩罚，后续麻烦肯定源源不绝。

甚至其中有些人，可能本来就抱着会被处刑的风险过来的。

但是，如果被捕就会变成奴隶，被虐待，他们又会如何选择呢？

只要让他们认识到，这个世界上有比死亡更可怕的惩罚，那些想来村子狩猎奴隶的家伙应该也会放弃吧。而且，守护这个村子的人可是盾之勇者啊。

“尚文大人……”

“我是不会改变主意的。拉芙塔莉雅，就算是不择手段，我也要救回你的伙伴。”

虽然他们可能不喜欢用这种用脏钱重建的村子。

如果可能的话，我也愿意像那些美好故事里的主人公一样，用来历清白的钱救人。

但是我们现在没有选择的余地。

可能就在我们束手无策的时候，这个村子里的人已经一个个失去了生命。

就算是为了信任我的拉芙塔莉雅，我也不能在这里止步不前。

就算这样做违背了拉芙塔莉雅的希望，我也在所不惜。

“哥哥……”

基尔战战兢兢地开口。

“看不起我的做法吗？但是你们的首领就是这样的人。你们自己提出想参加角斗场的战斗，这一点我要表扬。但是，你们现在的首要任务是强化自己。肮脏的事情全交给我就行了。”

我转身背对着村子里的奴隶，向前走了一步。

没错，所有的肮脏就留在我这里吧。

“现在还不到你们去承担风险的时候。你们还得保护村子，对吧？”

“嗯……”

总之，卖掉这些狩猎者也能凑出一笔钱了。

这个麻烦来得突然，但也让我顺势前进了一步。

我冷静地看着视野中传送技能的冷却时间。

第十二话 百货商场

因为每次使用传送技能都有一个小时的冷却时间，等我把所有变成奴隶的狩猎者们送到哲尔拓普鲁的奴隶商人手上时，已经是第二天的白天了。

虽然中间也小睡过，但是我睡眠比较浅，因此和没睡没什么区别。

“那我就联系希尔拓贝尔特的亲戚了。”

运送第一批奴隶的时候，我就把奴隶商人也一起带了过来。他马上就与希尔拓贝尔特的人取得了联系。

“看来对方也很乐意呢。那边的地方贵族已经在排队预约勇者阁下提供的奴隶了，甚至已经提前举行了拍卖会。”

“哦……”

“因此，我们多半可以在奴隶贩售前就支付给勇者阁下一笔定金了。”

就像汇兑一样。

不过这次因为有通信技术，可能多多少少有些不一样吧。

“进行得这么顺利，我都想夸奖自己了。”

“今天晚上就向希尔拓贝尔特输送勇者阁下提供的奴隶。”

我总感觉自己好像是把肥肉扔进了饥饿的狼群。

虽然梅尔罗麦克没什么好人，但看起来希尔拓贝尔特这个国家也是很黑暗的。

而利用这种黑暗的我又算什么人呢？

就在我和奴隶商人对话的时候，拉芙塔莉雅叹了口气。

不过，对于奴隶狩猎者来说，这是他们应得的报应，女王那边其实我已经通过气，得到了她的默许。反而是梅尔媞一大早得知女王赞同的消息时，还有些难以置信。

把叛国贼送去就能取悦希尔拓贝尔特，这些人只是被当成了交涉的工具而已。

重新回到奴隶商人的地下会场后，我们再次进行了确认。

“总之，这样就有足够的钱可以进行角斗场的赌博了吧？”

就像昨天一样，我把拉芙塔莉雅、菲洛、莉西亚、小拉芙都带来，开始考虑今后的行动方针了。

“是的。”

“只要能一次就赚够，多少有些风险我也认了。不过还得详细了解一下我们要参加的角斗场比赛的规则吧？”

我们已经决定参加赌上生死的最危险的比赛，虽然结束后肯定会有不好的回忆就是了。

如果只能我一个人出场的话，又赢不了，毕竟我是一个只能防守的盾之勇者。

话说回来，我本来想让变幻无双流的婆婆也参加的，结果去找她才知道，她以前就在这里的角斗场很有名，早就被禁止登场了。

那个婆婆的经历也充满了谜团。

“角斗场基本上是用淘汰赛的方式。如果勇者阁下也要出场的话，那我推荐你们选择团队赛。”

“也是啊……”

“这样的话，参加的人数是三人或者五人。”

三人……那就是我和拉芙塔莉雅再加上菲洛了。

我本来就不想让莉西亚上场，看来也只能这样了。

万一有什么情况，让小拉芙代替菲洛出场也可以。

如果是五人参赛的话，加上小拉芙勉强也算五个……也可以带上基尔吧？

我想了想，觉得还是别选择五人比较好。

小拉芙本来就不太强，而基尔她们现在虽然也有了一点战斗力，但还没有成熟，如果她不小心受伤留下伤痕，我可就没脸再见拉芙塔莉雅了。

“我推荐勇者阁下的属下参加一对一的比赛。”

“问题就在这里。一对一比赛的赔率如何？”

如果让拥有异世界刀之眷属器的拉芙塔莉雅上场，在角斗场里应该也可以轻松取胜吧？

参加淘汰制的竞技比赛，这剧情是不是有点儿像一部过去挺有名的格斗漫画？

“一定要比较的话，奖金和赌金的总额都是团队战更多。”

“那就参加团队战吧，一场一场地赌太麻烦了。”

而且我也出场的话，拉芙塔莉雅和菲洛也会更稳一些。

只要不是规则很奇怪的比赛就行，还得加上这个条件。

“那么，就帮你们登记参加近期举行的黑市比赛吧。”

“参赛的资格证明之类的没问题吧？”

“这方面我们会想办法强行解决的。”

先放手让他们去做吧。等这件事结束之后，再提醒他们不要使用非法手段。

“规则是什么样的？如果太复杂，或者要把全家人都赌上什么的我可不干哦。”

“三对三，没有等级限制，没有种族限制，就是这样。”

“居然还挺简单的。”

言简意赅。

此外，还有关于胜负的条件，奴隶商人一定是故意没说的。

奴隶商人拿出一张传单一样的东西，让我看角斗场的规则。

传单上有各国的文字，当然也有梅尔罗麦克的官方语。

上面写着，分出胜负的条件是对手的死亡、晕厥，或者投降。

然后……

“最后的部分才是最重要的。”

“自带武器？”

“是的！因为下一轮比赛的赞助商是哲尔拓普鲁的武器商人公会。”

由武器商人赞助召开的黑市比赛，会有什么样的武器呢？

不过我们用的是传说武器的盾和异世界的刀之眷属器，不管对方用什么武器我们都没有立场去抱怨。

“这样的话，我们是不是应该去观赏一下现在正在进行的比赛呢？应该多多少少可以作为参考吧。不过比赛的时间和奴隶拍卖会是重合的，去不去呢？”

这么说的话……亲眼看看是什么样的情况，也更方便制定对策。

“那么……拉芙塔莉雅，你去看今晚的拍卖会有没有你们村子的人，可以吗？”

虽然也可以让基尔她们去，但是万一她们被发现，又会引发新的问题。

当然，这一点其实对于拉芙塔莉雅也是一样的。

“嗯，我知道了。”

“现在看来……还是有必要整理一个表格，写清楚村子里都有些什么人。拉芙塔莉雅，这个就交给你吧。”

我把笔和纸交给拉芙塔莉雅。

我们不能只靠拉芙塔莉雅的眼睛，最好把奴隶商人的人脉也利用起来，这样才更有效率。

“好……好的！”

拉芙塔莉雅把我的指令记在纸上。

不能局限于拍卖会的舞台，我们要找的人也可能在其他地方出现。

如果能提前认出目标，也可以直接进行交涉。

“唔啊啊啊……”

“毕竟要挑战危险的比赛，得想想怎么提升拉芙塔莉雅的攻击力了。”

“啊，是的。”

拉芙塔莉雅的刀，有些是以魔物为材料做的，有些是在绊的世界复制后，在这个世界也仍然能继续使用的，但由于材料的限制，无法在这边继续强化。

虽然四神武器还是因为能力不足而无法使用，但万幸的是魔龙材料激活的武器还能使用。

所以只能靠魔龙的刀闯过这一关。

这可是葛拉丝她们都很喜欢用的万能装备。虽然这把刀很好用，但是也不能忽视基础能力的提升和新技能的开发。

更何况，这把刀似乎也还没得到足够的强化。

“奴隶商人，你知道附近哪里的武器店比较有名吗？”

“我找人送你们去吧。”

“嗯，好的。拜托了。”

这个城市相当繁华，一不小心还容易走丢。

“谁愿意带个路呢？”

一个强壮的男人举起手毛遂自荐。

“好，那走吧。”

奴隶商人的手下带着我们，来到了本地最大的一家店。

这栋建筑物像百货商场一样大。

“哎呀？那边的不是盾之勇者阁下吗？”

一个眼熟的人在一楼的一家店里跟我们打招呼。

“不认识。”

那个跟我们招手的人，就是很久以前认识的首饰商人。

真想装作不认识。

“这家店是我经营的。你们愿意进来看看的话，我就不胜荣幸了。”

简直就像准备让我继承这家店一样。

如果还不理他，就有点欲盖弥彰了。

我叹了口气，迎上他的视线。

“你经营的店还挺大的。”

“是啊，勇者阁下有没有看上的东西？”

“我是来看武器和防具的。”

“那些在二楼。你们对一楼的饰品不感兴趣吗？”

我环顾店内。

店里展示了不少闪闪发光的首饰，让人赞叹。老实说，我看得眼睛都花了。

“没什么兴趣，我自己能做。”

“也对。说起来，勇者阁下是否经常使用我传授的制作技术呢？如果技术生疏了，早晚有一天会做不出好东西的。”

“我偶尔会做，好几次都靠这些脱身呢。”

最近我还做了盾牌的罩子和拉芙塔莉雅的刀鞘。

不过问题在于，我好像无法做出绊的世界里那种高性能的首饰。

拉芙塔莉雅拔刀时触发的电光一闪也被削弱了，达不到菲洛那么快。

制作刀鞘时使用的材料好像也是这个世界没有的。

最近我正在尝试制作其他规格的刀鞘，还用魔物的材料给其他奴隶做了首饰。我最近最喜欢使用的材料是魔物的骨骼，不仅硬，效果也比预想中更好，最好的地方是做魔法附加也不会有太大削弱，缺点则是附加效果不好。

“都是一些粗糙的东西。”

我拿出随便做的首饰给他看。

“哦！这是骨骼首饰啊！”

“……其他人不这么做吗？”

“也不至于没有……嗯嗯，虽然不值钱，但是对于追求性价比的冒险者来说，有很实用的效果。”

“虽然便宜，但当作设计练习还是可以的吧？”

“话说，我听说勇者阁下得到了自己的领地？”

“……你想来开店也可以啊。”

“那就说定了！”

首饰商人眼里闪过邪恶的光芒，高声喊道。

我这个人就是喜欢泼冷水。

“不要妨碍我们发展哦，而且我还要收费哦。”

“我知道的。呵呵。”

总觉得认识的商人里面，“坏人”还挺多的。如果他真来我的领地，我可得把他盯牢一点。

“你的首饰最近卖得怎么样啊？”

“那可是一片大好。因为刚刚发生大灾难嘛……平民百姓也觉得必须靠自己来保护自己的生命财产了。”

这家伙的财运可真好。

“另外，勇者阁下在卡尔米拉岛帮忙宣传的饰品我也插了一脚。”

啊……是我跟那个诈骗商人说过的啊。最近时不时能看到有人佩戴，我还挺吃惊的。

“那我去看武器了。”

“期待我们下次的重逢。”

“好好好。”

“……黑市角斗场上还请手下留情哦。不过我知道勇者阁下一定能取胜，所以已经申请退赛了。”

我后背一阵发凉。

才这么短的时间他就知道了，这是什么样的情报网啊！

“我会为您加油的。”

“唉。”

和邪恶的商人打交道真伤神。

“唔啊啊啊……那位商人相当有名啊。”

“果然。”

“我听说被他盯上，就别想做生意了。”

“放心吧，他不讨厌我们。”

我反而怕他真让我继承他的店呢。

我们就这样闲聊着上了二楼。

“哇……好厉害，闪闪发光呢！”

各种各样的武器陈列在这里。

菲洛的注意力完全被发光的东西吸引了。就算能变成人形，她的本质也是鸟类魔物。

这里还有很多陨铁材料的剑和枪。啊，贵重商品只能摸摸而已。

这就是炼和元康他们复制武器的地方吧。

哦？这里也有灵龟材料的武器。可能是哲尔拓普鲁为了重建而出售了材料吧。

我在做生意的过程中也听到一些传闻，据说灵龟材料很不好加工。

这里的东西和梅尔罗麦克区别不大，价格却特别贵。这么大的一家店，摆放的却全都是一些加工并不细致的商品。

到底还是比不了原产地啊。

嗯……我也看了看盾牌，和大叔店里的货品区别不大。

倒也有我没见过的盾，总之先摸摸看吧。

“啊，我能试试这面盾吗？”

“请便，请便。”

我得到了店员的同意，拿起一面大叔店里没有的盾，发动武器复制的能力。

钉盾、飞碟盾、宝石盾、白金盾……

我随便复制了一些盾牌形态。

“拉芙塔莉雅，这里有刀吗？”

“啊，是的。好像都在这边。”

真不愧是商业之国，居然全都是从东方国度进口的刀。

拉芙塔莉雅拿起一把店里出售的刀。

如果把“我现在要复制”这句话说出口，就不知道店里的人会说什么了，所以我们都是偷偷地做，感觉像在偷东西一样。

“嗯？”

我们看到店里有一样东西贴着非卖品的标签。

这是一把单边开刃的剑，我一眼就看出来里面使用了灵龟的材料。

我发动了鉴定技能。

灵龟剑 品质……

不行，我的鉴定技能完全没有效果。

这把剑肯定是能与白虎太刀比肩的名剑。

“对了，拉芙塔莉雅。”

“怎么了？”

“你现在不能用剑了吗？”

“啊，是的。很遗憾，现在不能用了……”

这样的话，剑就不在她能复制的范围了。

这种时候，最适合的是剑之勇者炼。

……话说回来，炼能不能用刀呢？

仔细想想，在使用利器这一点上，拉芙塔莉雅和炼的战斗能力其实是很相似的。

等再见到炼并控制住他之后，我有很多事情想问他。

再说回这把灵龟剑，一眼就能看出来是把好剑。而且连碰都不让碰，只是单纯的展览品。

它会出现在最近的拍卖会上吗？好厉害。这里果然还是有工匠高手的。

以后也可以把这个当旅行趣闻讲给武器店的大叔听。

“主人。”

“怎么了？”

“这里有好多爪子。”

“是啊。”

说起来，菲洛人形的时候和鸟形时使用不同尺码的爪子。

这段时间就按照人形的尺寸来搭配爪子应该没什么问题。

“这里好像没有能替换的爪子。”

她那副狗鲁托爪已经丢了，所以我之前把备用的业犬之爪给她用了。

菲洛的睡衣现在被她送给了梅尔媞，也已经没有了。

只不过，比起防御力，菲洛和我在一起时激活的兴奋状态更有用，所以对于现在的她来说，那件睡衣也不是特别重要。

仔细看了下，爪子的区域里好像没看到能和菲洛现在用的业犬之爪比较的爪子。倒是有攻击力稍高的魔法银材质的爪子，但是这种水平的又没必要特意买。

至于莉西亚，还是她用的企鹅柯西洋剑更好一些。

现在我们好像只适合定制武器了。

防具方面，给拉芙塔莉雅换一身倒也是一个办法。

但是……

“怎么了？”

“要不要买件贵点的防具？”

“应该是尚文大人更需要吧？”

“你这么说……”

现在我身上穿的魔法银盔甲是从女王那里拿来的二手货。

城堡的锻造师想得很周到，还特意模仿大叔帮我做的那件蛮族之甲，帮我改成了相似的款式。

虽然只是备用品，但他们好像还是比较希望我穿这种款式的装备。

不过，这件盔甲在量产装备中算是性能比较好的。就算在这里换一件，其实差别也不大。

莉西亚应该……没必要了吧。反正她也不需要上场战斗。

我还在犹豫要不要让她穿最后一套玩偶服，但是她本人最近好像也比较有自信了，只穿了一件旧胸甲。

“拉芙？”

小拉芙……我倒是想让它穿上类似于锅、茶壶、斗篷之类的，但是这边好像不卖这类服饰。

我们是来看武器防具的，好像是白来一趟了。

“好像没什么值得买的，我们回去吧。”

“现在就走吗？”

我透过窗户看向哲尔拓普鲁的街道。

在哲尔拓普鲁的市集上逛逛，也许能淘到好东西。

这种人潮拥挤的地方，说不定会有宝贝。

我在记忆中寻找有没有类似的地方，就想起了网游里的市集，倒是和这条街道的气氛很相似。

虽然说是这么说，可是漫无目的地在街上闲逛也没什么意思，必须得先打听点有用的消息。

“总之我们先回奴隶商人那里吧。”

“是啊，回去吧。”

“好……好的。”

“好开心呀。”

“拉芙。”

就这样，我们逛了一遍武器防具店，又返回了奴隶商人的地下奴隶市场。

第十三话 黑市角斗场

等到了晚上，我就跟着奴隶商人来到一家正在举办黑市角斗比赛的会场。

在场的只有我自己，拉芙塔莉雅和小拉芙去盯奴隶拍卖会了，莉西亚去了其他地方调查，菲洛则负责保护莉西亚的安全。

我们白天也稍微参观了一下奴隶商人管理的那家角斗场，那边感觉更像一座棒球场，这家则比较倾向于饮酒作乐。

虽然是地下，但观众席的布局却像庭院式酒馆一样，有可以摆放座位的区域，角斗场地则像老式RPG（角色扮演游戏）里描绘的一样，是在一处被高墙围起来的格斗场里。

此外还有一些娱乐设施，与其说这里是黑市角斗场，还不如说更像是一家地下赌场。

当然，比赛本身还是最吸引人的部分，氛围还是很强的。

虽然我不知道他们在比什么，但是比赛一直不断。

我看看……还写着赔率。

投票券的销售已经结束了，观众也都在看比赛。

这次比的是……哦？

“熊猫……”

正在擂台上战斗的，是一个熊猫兽人。

他的对手好像是象兽人。这比赛也太夸张了。

“哼！只有块头大而已。”

“呵呵。对手还不是被打得东躲西逃吗？”

好像是象兽人占了点上风？

即使距离很远，也能感觉到地面传来震动。

他们使用了魔法吧？我感觉到了一些魔力的流动。

那个熊猫兽人好像也用了魔法，他身边幻化出一片竹林。

他的身体看上去很笨重，却踩着竹子利用反弹跳跃，在竹林内辗转腾挪。

象兽人很不耐烦地破坏着竹子。

周围的人都在热情地加油助威。

“上啊！就是那里！”

“干掉他！拉撒兹撒大姐头！”

“就是那里！埃尔梅罗！啊啊，不对！”

助威的人看上去是一群武装的冒险者……是雇佣兵吗？这种人还挺多的呢。

当然，看上去像贵族或者商人的也很多，我附近就有一群。

卖酒那边也很热闹……我们要在这种地方战斗吗？

战斗的人完全就是展览品。不过，就算是合法的角斗场，其实性质也差不多。

正当我思考这些的时候，酒馆的老板瞪了我一眼。

看起来不喝酒太显眼了。

“给我一杯。”

喝一杯也没什么，反正我也没醉过。

我拿着大酒杯看着比赛，身后传来喧闹的声音。

“咕噜……咕噜！噗哈！来呀来呀，快点喝啊！”

很豪爽的声音。

“唔……还没完呢！”

周围响起了欢呼声。

这边和擂台那边差不多热闹了。

我回头看身后，伴随着“一口气喝完”的喊叫声，人群中

又响起了掌声。

“怎么样？”

最后传来吧嗒一声响，掌声也同时响起，接着又传来一个莫名有点挑衅的声音。

“啊呀！还是这么弱啊！就没有人能赢过姐姐我吗？”

“怎么可能有人赢得过娜迪亚呢！”

“就是就是！”

“啊，真是看到好东西了。”

“那我可就把钱收下了，还有酒钱也算在里面。”

这番对话之后，人潮裹挟着战败的一方退散了。

真是无聊的比赛。比喝酒到底有什么乐趣啊？

我一边想，一边继续看比赛，刚才和人拼酒的女人的声音在我耳边响起。

“哎呀？生面孔啊。今天第一次来？你好像不太开心。”

我瞥了过去。

那是一个和风美人，留着一头黑色的长发，紧致的皮肤和端正的容貌，即使和拉芙塔莉雅相比也毫不逊色。年龄在二十五岁上下吧？虽然她的头发和皮肤让人联想到葛拉丝，但是她和葛拉丝不同。葛拉丝的长相和表情中散发出认真又优雅的感觉，眼前的这个女人却完全没有，她更像是一个性格豪爽的大姐姐。

她应该不是人类，因为手脚都是黑色的，就像贴了一层橡胶一样。

衣服的布料也很少……上半身是抹胸和小马甲，腰带上垂下几片飘逸的裙摆，如果换个角度，要说这衣服的结构与兜裆布相似也不是不行。

她身后还背着鱼叉。

我沉默着收回视线。没必要和这种人交谈吧。

“咦，你是在看比赛吗？”

结果她擅自在我旁边坐下，自顾自地说起话来。

她可能也感觉到我浑身散发出生人勿近的气场吧，倒也没有进一步纠缠，只是露出了一个目中无人的笑容，用手托着脸颊，悠然开口说道：

“……今天赢的是小撒撒。不过小埃尔好像还没发现。”

“啊？”

对战双方的名字是拉撒兹撒和埃尔梅罗。

那她嘴里提到的撒撒什么的，应该就是昵称了吧？

“哎呀，你不知道吗？小撒撒今天会赢哦。”

按照目前所见，那个名字叫埃尔梅罗的象兽人因为力量比较大，一直在场上横冲直撞，感觉上是在压着熊猫兽人打。

老实说，包括力量在内，综合考虑双方的能力，应该也是象兽人赢面大，押象兽人赢的也比较多。但是……

“哈啊啊啊！竹爪！”

在吟唱魔法的同时，熊猫兽人把爪子刺入地面……伴随着地鸣声，地上长出巨大的竹子，贯穿象兽人，直接把他顶到了竞技场的天花板。

“唔啊！”

最后，穿透象兽人的竹子四散碎开。

伴随着巨大的轰鸣声，整个会场都在震动。

摔倒在地面的象兽人一动不动，血在他身下不断渗出。

死了吗？

我刚产生这个想法，担架已经抬上来，治疗师一边治疗，一边把象兽人抬了下去。

裁判上台，举起了熊猫兽人的手。

“胜利者！拉撒兹撒！”

哦哦！观众发出热烈的欢呼声。

从赔率来看，这个结果对押了熊猫兽人的人来说是相当喜闻乐见的吧，倍率好像挺高的。

“你还真内行啊。”

很快就有人来收拾赛场，选手也回到休息室去了。

“一般吧。”

虽然熊猫兽人吟唱了魔法，但是象兽人对这一点也一直在戒备。

事实上，象兽人也用了好几次大招了。

“你没下注吧？”

“是啊，我是来考察黑市角斗场的。”

看来这个女人对这里很熟悉，跟她聊聊应该没有坏处。

“哎呀？你是对参加角斗有兴趣吗？”

“算是吧。下注就等下次再说。”

下注要等到我们的赔率低到谷底后了。

“那你怎么不早点来呀？今天最好看的比赛早就结束了。”

“是吗？”

“是啊，你看那边，不是正在烹调魔物吗？”

我看着女人指着的方向。

一头像恐龙一样的魔物已经被拆解了，正在烹调。

贵族们正在优雅地食用做出来的菜品。

那个也是观赏品吗？

“他们拿来烹饪的材料，就是今晚最精彩的比赛里，被打败后死掉的魔物。”

“还有那种魔物参赛吗？”

“没错，无法保证生命安全的危险比赛，就是这个地方的

卖点。”

正是因为有人追求这种刺激，才会衍生出角斗这种娱乐方式。

我一边想，一边看着那只魔物。

看上去……怎么说呢？这只魔物的死因是什么？

看起来不像被利器杀死的。

虽然魔物整体已经被肢解，看得不是很明确，但至少头部还完整地保留着，从眼白和肌肉的状态来看，应该是遭到了魔法攻击吧。

是强力的火系魔法吗？总觉得好像不太一样。

“你想参加什么比赛啊？姐姐可以详细地给你讲讲。”

女人接着热情地说道。

有点烦人。

“啊，酒水不要停哦。”

这个女人直接就点酒了！酒水不断送到我的位子上来。

“你自己付钱哦。”

“呵呵……那你想知道什么呢？”

“这个嘛，比如这里的注意事项什么的。最想知道的是下一次大赛的情况。”

“原来如此，那就让姐姐来告诉你吧。下次大赛是团队赛。规则基本上来说就是三对三。没有等级限制，可以自带武器。”

“这些我也知道。我想知道更深入的注意事项，或者有没有必须得多加小心的地方。虽然你的话我也不会全信就是了。”

对方只是个在这种地方遇到的陌生人，她的话最多也只能做个参考。

这个女人，又擅自给我的杯子里倒了酒。

看起来不喝酒是没得聊了，我干脆一口气就把杯子里的酒

喝光了。

“哎呀……对了，必须注意那些使用不受控制的野生凶暴魔物的参赛者哦。”

“……”

这么做有什么意义吗？

把野生魔物带到角斗场，而且还不用魔物纹加以控制？

我觉得这里面肯定有内幕，要多加注意。

我的视线转向作为烹饪材料的魔物。她说的应该就是这种情况吧。

对于参赛者来说，最有威胁的是什么？

我听说这个世界的普通人，等级上限是Lv100。

能参加角斗的家伙，多半都属于高等级吧？

虽然说，表面上……奴隶商人管理的那家角斗场是按等级划分的，这里则没有等级限制。

对这些差不多达到等级上限的家伙来说具有威胁的……野生魔物……

我回忆起菲托利亚打倒暴君龙王的情景。

那些怪物到底有多强的战斗力呢？

恐怕虽然不至于完全无法战斗，但也不是苦战一番就能解决的水平。

毕竟如果普通冒险者里有人能战胜那种东西，那就没必要进行避难疏散了。

“……原来如此，因为野生的魔物没有等级限制，所以也有超过Lv100的魔物，他们用的就是这种吧？”

如果用游戏来类比，可能更容易理解吧。

三个Lv100的人参加比赛，但是对方放出的魔物是Lv200的。

这根本不是陷入苦战的问题了，一不小心就会全军覆没。

虽然狩猎怪物的游戏里也有小比例的角斗场，但是难度都很高。

不过，总归不会有灵龟那种等级的怪物吧。

要多少级才能战胜它呢?

虽然我这个勇者Lv75左右就能防住，但是我在勇者修正的效果下，实际上达到了普通水平的四倍。而且拉芙塔莉雅和菲洛也有成长修正效果，在提升等级上限的时候也有不少能力修正，才能这么英勇善战。

如果没有我应该不可能赢吧。用难度来类比的话，应该相当于攻城战或者对战精英怪首领的水平吧。

而且我们当时还有奥丝特的协助。

简单计算一下，普通冒险者如果想从正面挑战灵龟，并在外侧将其打倒……

虽然我不是很懂普通冒险者的个人能力到底能达到什么水平，但是至少也得Lv250吧?

当然，这是单挑的情况，如果人多的话，条件还可以适当放宽，但也需要很高了，至少得有Lv200。

如果只是没觉醒的莉西亚或者再强一些的水平，那有多少也打不赢。

就算是Lv120的魔物，一个普通冒险者……不，就算有三个，也不一定能赢。

无论怎么说，等级造成的差距和基础能力这些东西，都是不能忽视的。

而且看看拉芙塔莉雅和菲洛的情况就知道，魔物的Lv100和人类的Lv100根本不是一个概念。

如果对手是三只这种程度的魔物……结果会如何?

这就是不讲规则的黑市角斗场特有的危险吧。

“你还挺懂的嘛。说不定有哪个国家的贵族为了娱乐抓来野生魔物，再放到角斗场上，看它们能不能赢哦。”

女人开心地大口喝酒。

看她喝酒的样子，一点都看不出刚拼过一轮酒。

“虽然今晚只有一只，但是下一次大赛是团队赛，可能就会有三只这种东西了。”

听她这么说，我才意识到这个规则的可怕之处。

原来如此，还是不要先入为主地认为对手也是人类或者亚人比较好。

这件事我也得告诉拉芙塔莉雅和菲洛。

……她又给我倒了酒。看来是还有话说吧。

“除此之外呢，视情况不同，有时候还会安排对对方有利的场地。”

“比如？”

“比如有能飞的参赛选手时，为了防止比赛产生一边倒的情况，就会设置铁栅栏。”

也就是说，比赛的运营方为了避免出现无趣的比赛，会做出对其中一方比较有利的安排。

“不利的一方不会同意吧。”

“这也算是吸引观众支持的要素吧？观众可以用金钱给自己喜欢的一方提供支援。”

也就是说，为了爆出大冷门，也有人会额外出钱，让比赛以更有利的方式进行……真是好麻烦啊。

不算是不正当竞争，因为这里根本就没有完全公平的比赛。

与之相对的，赔率也会更高吧……

“下一次的大赛是武器商人公会赞助的，可能还会给他们的选手提供昂贵的武器吧。”

对方带来的武器可能比自己的优秀，还可能遇到危险的野生魔物……

“但是观众不能直接攻击参赛者，这一点可以放心。”

“……那间接的支援魔法呢？”

“有金钱支持的情况下说不定会有哦。”

比赛中只要把注意力集中在对手身上就行——这种单纯的想法，还是早点舍弃比较好。

我一边想，一边喝光了女人给我倒的酒。

话说回来，她到底想灌我多少酒啊？喝酒都喝饱了。

“这些东西都写在规章手册上，仔细看看就没问题了。”

我看向写着规则的地方。

这次比赛允许的援助为——

上面果然写着这样的字句。

“你挺厉害的。姐姐越来越开心了。”

女人看着我不断喝光杯子里的酒，很开心地说道。

“好好好。”

“总之，必须要注意的地方差不多就是这些了。”

“嗯。”

那我就没必要再留下了。我站起来准备离开。

“咦，要走了吗？再喝点嘛。”

“不喝了。你的话有点参考价值，作为谢礼，刚才喝掉的酒我请了。”

看对方的意思，应该也是想通过给我这个外行讲解换酒喝吧。但我这个人是很小气的，如果是平时根本不会请她。

不过她的话确实对我有帮助。考虑到后面的策略，这些钱也可以算是投资的一部分。

“我的目的倒也不是这个哦——”

“谁知道呢……我有最后一个问题。”

“是什么？”

下一场比赛好像要开始了，正如这个女人所言，这场好像就是有金钱支援的。

“刚才那场比赛，你怎么知道谁会赢？”

我看不出来，可能是因为我对规则不熟悉，但是就算如此，也有很多疑点。至少从旁观者的角度来看，刚才那场比赛也没有场外支援带来的助攻效果影响。

“可能是直觉吧。”

“直觉吗……”

虽然我相信直觉也是不容忽视的。

看看菲洛就知道了，野性的直觉这种东西，不管你喜不喜欢都确实存在。

“如果你还有什么想知道的，不用客气，尽管来找我。姐姐我每天晚上都在这里，你想问的事情，我都会告诉你哦。”

对方很热情地回答。

她居然没对我产生什么成见吗？

“不过我倒是不建议你参加黑市角斗啦——”

最后的这句话，莫名其妙地让我对即将到来的比赛产生了一丝不安。

第十四话 外号

总之，以酗酒女人提供的情报作为参考，参加黑市角斗的比赛我们已经登记好了。

离比赛开始还有几天。

此刻我在奴隶商人的地盘上，正和菲洛一起等拉芙塔莉雅回来。

莉西亚还在进行调查和查找资料。

在奴隶商人的强势斡旋之下，我们对外的身份就是默默无闻的雇佣兵。

也可以说……我们最后能顺利登记参赛，可能多多少少也和首饰商人有关吧。

反正在哲尔拓普鲁的黑市里没有什么事情是不可能的，可能就把这种情况视作理所当然才是最好的吧。

我们的比赛和遇到酗酒女人时看过的那场不太一样，比赛时间不再局限于夜晚，好像是从早到晚连续举行好几天……

也可能是因为这次大赛比较受瞩目，参赛者更多。

我们好像每天只需要出场一次。

初赛应该只要打败弱小的对手就行了，但是这次大赛持续时间长，奴隶商人也跟我们解释过，商人希望每场比赛都能带来资金的流动。

总之，赛程过半之后，每天战斗的次数也是会增加的。

作为日本人，很难理解这种规则。

不过，反正我也不想一开始就暴露自己的实力，所以早就决定，我、拉芙塔莉雅和菲洛参加比赛时都会戴上面具，不会暴露自己的真实面貌和种族。

“顺便一提，只要取得靠前的名次，选手就能得到奖金和各种各样的好东西。”

“就算你这么说……”

获胜者的奖金确实很多。一百五十枚金币摆在那里，会让人产生很强的动力吧。

但是，这次的大赛中，实际牵涉的资本可比这个高得多。

我们委托了奴隶商人到时候卡着事前投票券截止贩卖的时间下注，因为必须要博个满堂彩才行。

我们必须成为获得优胜的黑马才行。

另外，每场比赛中获胜的选手好像还能得到出场费，但是这对我们来说都是微不足道的。

“明白了。那么大赛整体的赌注就一次性放下去。”

“好像还可以赌每场比赛是吧？”

“也有人用这个方式赚了不少呢。”

其实这才是更合理的赌博方式。

其实把所有赌注都压在第一场的胜负上才比较无趣吧。

我赌的其实是比赛之前的外界评价。

“接下来就看还能筹集到多少本金了。”

卖奴隶的钱已经充作本金，但是还有可能不够。

而且我们现在还得关注自己的赔率。

“表面上的角斗场……之前是不是提到过，哲尔拓普鲁还有大胃王比赛来着？能让菲洛参加吗？”

“嗯？让菲洛做什么啊？”

让贪吃的菲洛去比吃饭，说不定能赚到钱。

“虽然这些比赛也有奖金，但也就是二十枚银币的水平。”

“说不上少，但也确实不多……而且菲洛也要参加角斗的，如果被人认出来也很麻烦……”

“这样的话，其实还可以去参加菲洛鸟的比赛。”

“菲洛鸟的比赛……那不就等于是赛马吗？”

我觉得这个要靠谱一点。

而且我觉得赛马还挺赚钱的，这个主意可能真的不错。

不然干脆就像黑市角斗一样，也来爆个冷门吧。

“这么做的难点在于，想参加奖金高的比赛，必须多参加几次地方性的比赛，从赛季来看，最快也得一个月之后才能参加高奖金比赛了。”

“唔……如果能一次性在菲洛身上赌一笔，倒是可以尝试一下……”

“还涉及一些原则性问题，可能还是有点难度。”

假如我们让菲洛匿名参加地方性的小比赛，直接赌一次大的。如果想一次性赚到很多钱，还是需要先用大笔金钱下注，这样一来赔率上就会反映出来……除非同场比赛中另有呼声很高的参赛者，或者原本下注的金额就很高，不然这个计划就毫无实施的意义。

据奴隶商人所说，大多数比赛都是先收集下注者的资金，再分配给赌赢了的人。

就算我们下注非常高，如果整体赌金不够多，那么我们赢的钱也不会多。

而且我们又不能露脸，那么在公开的比赛中赚钱就是不可能的。

“唉……没办法了。总之，现在除了盯住奴隶拍卖会，看有没有我们的目标出现外，就只能回村子一边做生意一边训练吧，可能这样是最好的了。”

“是的。对了，勇者阁下？”

“怎么了？”

奴隶商人正在整理我们参加比赛的资料，他开口问道：

“你们的外号要怎么取呢？”

“唔……”

如果直接叫盾之勇者小队，就等于暴露了自己。

直接登记我的本名应该也是同样的效果。

被首饰商人识破身份就已经算得上相当失策了。

应该随便取一个看不出来是我的名字就行了。

“叫洛克瓦雷（Rock Valley）小队可以吧？”

“这有什么出处吗？”

“就是我的名字的英语读法……算是异世界的别称吧。”

仔细想想，其实技能名称里也有很多外来语或者英语的翻译词……不过这些都是盾翻译过来给我看的。

拉芙塔莉雅和菲洛她们吟唱魔法的时候，当然用的也是梅尔罗麦克的语言。

我都把这个细节忘得差不多了。

不过这样一来，就不太容易联想到我本来的名字岩谷尚文了吧。

除了树、炼和元康这种也是来自异世界的人之外，应该都联想不到的。

我反而更担心这个发音会不会在这个世界的语言里代表着我不知道的其他意思。

不过奴隶商人一副疑惑的样子，也可能是发音上不太对，比如洛克瓦雷可能没有意思，但是鲁克外雷可能就有其他意思。

就在这个时候，拉芙塔莉雅和小拉芙垂头丧气地从奴隶拍卖会上回来了。

“怎么样？”

“……看到了。”

“……是吗？”

发现目标了。

“价格涨到多高了？”

拉芙塔莉雅低着头回答我的问题。

“最后成交价……是九十五枚金币。”

……这价格也太可怕了吧。

真希望这种经济泡沫能早点破裂，然而现在却只能在这种条件下硬着头皮上。

“总之，我们也只能先回村子，在角斗大赛开始之前抓紧时间训练了。”

“嗯……我们绝对会赢的！”

拉芙塔莉雅看着我，眼神中展现出坚定的意志。

没错。要夺回拉芙塔莉雅的故乡，我们除了战斗之外已经没有其他的选择了。

“拉芙塔莉雅，我觉得比赛之中我们应该互相称呼假名，你觉得呢？”

“明……明白了。那应该怎么叫呢？”

“我的假名就叫洛克吧。”

叫这个名字应该听不出我是盾之勇者吧。

那拉芙塔莉雅和菲洛呢？

“拉芙？”

还是要好好想一想。如果我叫她拉芙二号，她一定会生气的。

“尚文大人又在想没礼貌的事情了吧。”

“嗯……那拉芙塔莉雅叫信乐吧，菲洛就叫烤鸡。”

“不要！”

菲洛高声抗议。不是挺好的吗？也很好记。

“尚文大人，这真的太过分了吧？你看，菲洛也不喜欢。”

唔，既然拉芙塔莉雅都说了，那就没办法了。

“那拉芙塔莉雅就——”

“请等一下。难道我的外号也有问题吗？”

原来你刚才只是说菲洛啊？

“那怎么办呢，菲洛的名字……就叫莺声吧。”

在绊的世界里，菲洛就变成了一种名叫莺声信使的魔物。

这个世界不会有人知道这个名字的来历。

“尚文大人，你听见我的问题了吗？”

“比赛中，菲洛就像平常一样叫我主人，叫拉芙塔莉雅姐姐就行了。”

“好——”

因为主人这种称呼很常见，无法推断出本人的身份。

“尚文大人！”

我们现在首要的问题，就是尽可能快地把拉芙塔莉雅的同乡都买回来，不管遇到什么情况，我都不会后退一步。

回到村子，把所有准备都做好后，时间已经来到了角斗大赛的前一天。

菲洛平时经常和村子里的人一起玩，可能也认定这里是自己想要守护的地方吧，对这场战斗很有动力，拉芙塔莉雅也对魔龙刀进行了足够的锤炼。

此时此刻，我们正在哲尔拓普鲁黑市角斗场的休息室里待命。接下来要连续战斗好几天，直到最终获胜为止。

哲尔拓普鲁原本就奉行绝密主义。在这里的角斗场上，选手的经历等资料也充斥着很多伪造信息，所以下注会更倾向于叫得上名号的选手。

贵族们对赔率高但是没什么获胜希望的新人应该也没有什么兴趣。不过，不管在哪个世界，都有很多觉得把赢来的钱再输出去也不可惜的人吧。

“今天是第一战，必须小心别太显眼。”

据奴隶商人所说，今天白天会举行开幕式，同时也会发布对战表。

那些令人羡慕的种子选手都是到后半程才出场的。

我们却要第一场就参赛，我也觉得有点不合理。

但是回想起我刚被召唤来的时候，没几天就被构陷，身无分文，还背负了莫须有的罪名，现在总比那个时候强。

比赛时间越来越近了。

时间已经是傍晚……鉴于大会是白天开幕的，其实已经过了一段时间了。

我们今天的对手叫托帕克家族，听上去像黑社会一样。

赔率也已经确定了，如果我现在跑出去，在大庭广众之下宣布我其实是盾之勇者，那么给对方的经济支援就会一下子爆棚了吧。

得到好的武器和防具，再加上无穷无尽的援助魔法效果，那谁也顶不住。

甚至连运营方都有可能给我们设置莫名其妙的障碍。

最好还是能在不引人注目的情况下，让别人看到我们是一支有点能力的队伍。

如果在对方的支援还来不及产生效果之前，一击打倒对手，会不会比较好呢？还是反过来，装作经历一番苦战才勉强取得胜利比较好呢？

无论如何，还是得先了解对方的实力后再做决定。

“总之，菲洛，你是先锋，拉芙塔莉雅在后方支援。如果可以让观众看到幻觉的话也行。”

“菲洛要加油吗？”

“嗯。”

“欺骗观众干什么啊？”

“这也是为了不引人注目啊。如果可以让观众误以为我们陷入苦战就最好了。”

“我觉得应该也能做得到……但还是别这么做比较好吧？”

唔……虽然这种做法也算不上是违反规则，但如果运营方出面阻止也会带来不好的影响。

没办法了。

“那这样吧，拉芙塔莉雅，就让大家误以为我也出手攻击对方了。至少不要暴露我盾之勇者的身份。”

“那技能方面怎么办呢？”

“……那我也只能尽量不使用了。拉芙塔莉雅的技能看上去还比较像独创技能吧。”

我的技能以前都是随便用的，现在想想还真有点不安。

不过为了顺利走到最后，还是注意别被认出来比较好。

“时间好像差不多了。拉芙塔莉雅和菲洛都尽量把脸遮住。别忘了，不要叫真名。”

菲洛戴着遮住眼睛的面具，头上还绑了头巾。

拉芙塔莉雅为了不暴露种族，戴上了能遮住脸和耳朵的头盔。尾巴当然也藏好了。

我也用铁面具遮住了脸。

可能有人敲响了铜锣之类的东西吧，咚的一声后，我们离开休息室向会场走去。

欢声震耳。今天的观众比我来参观的那天更多，会场里到处都是人。

明明是黑市角斗比赛，观众居然能有这么多。

观众可能大多也是隐瞒身份的贵族吧，全都齐刷刷地戴着面具。

这个场面还挺恐怖。如果一口气杀光这些人，恐怕会给很多国家带来困扰吧。

就在我思考这些的时候，三个肌肉虬结，一看就久经沙场的雇佣兵从对面的入口走出来。

“接下来，洛克瓦雷小队与托帕克家族的比赛开始——”

主持人用接近嘶吼的喊声把现场气氛带了起来。

“哈，居然还带着女人和小孩，就是来出丑的吧。”

“等一下干脆就当着这个男人的面，把女人和小孩杀掉吧。”

“你说得对。那就先抓住男人吧。”

真是一群低劣的家伙，完全是炮灰行径。

……怎么说呢，他们和我们做生意时遇上的盗贼倒是可以切磋一番。

“……能行吧？”

“嗯！”

应该没有观众会给我们提供支援吧。

虽然是我们的第一场比赛，但是并没有什么看点，所以他们也不会太关注。

观众也在欢呼，视线中确实也充满了期待和好奇，但他们只想看看这几个家伙嘴里说的场面会不会发生而已。如果明显看上去更弱小一些的女人和小孩一队赢了，他们应该也一样会大声欢呼的。

等到拥有一定的人气之后，说不定我们也会得到援助。

“那么比赛……现在开始！”

铜锣一样的声音响起，比赛开始了。

就在同一时间，有人把看上去像流星锤一样的武器扔到了托帕克家族那几个人的身边，一看就是非常好的武器。

这恐怕就是有观众想看他们折磨我们才特意支援的吧。

“中级·灵气。”

我轻声给菲洛施加了一个支援魔法，接着又从背后抱住她，让她坐上我的肩膀。

菲洛可能也意识到我想做什么了吧，她就那么骑在我肩上，把爪子指向前方。

我让菲洛骑在自己肩上也是有目的的。

我有个很方便的技能，背负时能力上升（中）。

而且现在的菲洛是人形，也不怎么重，我们的行动也不会因此变得迟缓。

“主人，应该怎么做？”

“这个嘛，我们也不能露出太多的底牌。”

太强了就会引人注目，所以最适合的就是那招吧。

据奴隶商人所说，对方也不是什么有名的人物，所以我们还是有必要演一下。

我甚至连每场比赛胜利后的台词都想好了。

“好，我们就速战速决吧！”

“明白了。”

菲洛开始集中注意力准备使用电光一闪。

“怎么了？这是什么姿势？准备玩游戏了吗？”

“太轻松了，哈哈哈哈！”

“今晚的酒一定很好喝！没想到还能和女孩子玩一场！”

托帕克家族的人一起拿着武器向我们冲了过来。

他们手中一看就不是凡品的流星锤被挥舞得虎虎生风，我举盾格挡。

咚的一声巨响，流星锤的尖端燃起一簇火花。

居然还有这样的效果，这武器确实不错。

我刚用斗篷挡住了眼前这火，脚底又冒出一道火柱。

可能是因为我的防御力太高了，火柱好像随时都要消散。

“啊！”

菲洛倒是觉得烫了，好像是她的手脚有些部位超出了我的防御范围。

虽然火柱本身确实存在，但我却不会被点燃。

我甩了甩斗篷。火柱暂时消散了一会儿，又重新出现了。

居然还有持续效果，这武器也算是优秀得中规中矩了。

“哈哈哈哈！这也太厉害了！”

对手和变成火柱的我保持着一段距离，挥舞着流星锤持续攻击，还横着甩来甩去。

我看准流星锤的轨迹伸出左手，一把抓住了锁链。

“什么？”

“大哥！你小子！吃我一招！”

“哈啊啊啊！”

见我还能反抗，托帕克家族的成员把我包围起来，各自用自己拿到的武器展开攻击。

哦哦！这个队形站得不错啊。

“莺声，准备好了吗？”

“嗯，准备好了。”

“好！”

我抓着锁链把雇佣兵又扯得近了一些，然后迅速把菲洛扔了出去。

“上！”

菲洛配合我扔她的动作，在电光一闪之后又用上了螺旋冲击，直接冲进了挤在一起的托帕克家族阵型之中。

“呜哇啊啊啊！”

啪嗒一声，菲洛动作华丽地落地。

看上去就好像用了必杀技一样，还挺帅气的，背后的翅膀看起来也很优雅。

观众好像也都看得忘记了呼吸。

一息之后，身受重伤的托帕克家族成员才跌落在地上。

菲洛在使用电光一闪和螺旋冲击之前，不但被施加了支援魔法，还骑在了我的背上。

就算她的能力只有平时的三成，对手也不可能承受得住她的攻击。

“嗯？这就结束了？你们几个等级太低了吧？是不是看不起角斗场啊？”

我脸上浮现出残忍的笑容，一脚踩在已经倒下的敌人脸上，故意大声说道。

观众可能比较喜欢我这副做派吧，喝彩声一下子就打破了刚才的沉寂。

能燃起火柱的有趣流星锤也到了我的手上。

没错，我就是要证明，之所以一招就分出了胜负，只是因为对手的训练不够。

虽然前提是高等级，但是什么程度的等级算高，还是要看大赛本身。

在没有等级要求的赛场上，高级的定义也很模糊。

“怎……怎么可能？”

其中的一个敌人发出了难以置信的呻吟声。

“……让他闭嘴。”

“好！喝！”

“唔呃……”

托帕克家族的那个人挨了菲洛一脚，直接昏过去了。

比赛本身倒是比预想中更简单。

“胜……胜利者，是洛克瓦雷小队——！”

主持人也看出我们的对手不能继续战斗了，宣布是我们获得了胜利。

虽然我也能理解，但是每次都要杀死对手或者让对方失去意识也很麻烦……

如果被打出既定范围就能分出输赢的话，其实是最方便的，但是这次大赛没有这样的规则。

“呼……”

身后的拉芙塔莉雅结束了魔法吟唱，轻声对我说：

“我按照之前说好的，让他们看到是尚文大人给了敌人最后一击。”

“辛苦啦，帮了大忙了。”

这样一来，应该就不太容易暴露我是盾之勇者了。

我挥着手，仿佛在展示己方的胜利，若无其事地捡走托帕克家族掉落的武器，返回了休息室。

“呃……尚文大人，你准备怎么处理这件武器啊？”

“嗯？直接拿走啊。”

反正也没人来阻止我捡走，而且这个比赛的前提就是互相残杀嘛，也没规定不能抢对手武器啊。

给对手提供武器的商人虽然一脸懊恼，但看上去好像也接受了这个结果，还对我喊了一句“你要好好用那件武器啊”。

可能他还觉得，如果我们以后用这些武器获得胜利，一样

能给他的店带来收入吧。

可惜，我除了盾，什么都不能用，拉芙塔莉雅也只能用刀。

虽然还有个菲洛，然而她只喜欢爪子。

总之我还是先问问菲洛的意见。

“菲洛，你要用这个武器吗？”

“嗯？”

看来不行。而且就算菲洛用了，也只能是拿在手上乱舞，很可能是用不好的。

“好。那这么办吧，菲洛。等下次比赛一开始，你就用这东西扔我们的对手。”

“知道啦。”

菲洛力气那么大，扔过去应该也是有一定破坏力的。

至于之后会怎么样，我就不知道了。拿回村子去用也行，卖掉换钱也行。

从对方手里抢来武器之后用一次，对被抢了东西的商会来说也算是一种宣传，可能对方也会考虑支援我呢。

哎呀，我可真是个小机灵鬼。

好啦，也不能总留在会场不走。

下一场比赛的参赛者好像也准备好了，我们可以看比赛，也可以回去休息。

第一场比赛的出场费非常低。

菲洛好像把我给她的流星锤当成了新玩具，呼呼地甩着玩。

“嘿咻嘿咻！”

这个场面虽然看上去很温馨，但是武器就是武器。

“很危险的，你小心点。尤其是那个尖头，不要碰到别的东西。”

“好。”

最后，菲洛还是把流星锤带回村子，再村子里变成了大家共同的玩具。

不管撞到什么东西都会点燃一道火柱，确实挺好玩的。

小鬼们还用这东西点火野营呢。

我还得注意不要酿成火灾，真麻烦。

第二天，我们迎来了第二场比赛。

“下一个对手是……”

其实根本没必要记住对手的队伍叫什么名字，因为我们的目标是战胜所有对手并赢得冠军。

我一边想，一边在铜锣的声音中走进角斗台，结果一看到对手我就愣住了。

铁笼子里关着三只狮鹫。

“嘎啊啊啊！”

看上去斗志高昂。虽然我没和狮鹫打过，但这应该是危险的野生魔物吧。

狮鹫·精英——我的视野中浮现出魔物的名字，还都是狮鹫里比较厉害的个体。

虽然我不知道普通冒险者战胜这种魔物需要多少级，但是这个阵容好像对观众更有吸引力，观众席上的人数比昨天还多。

遇到麻烦的对手了。

这不就是那个酗酒女人提醒我注意的情况吗?

“唔……”

菲洛开始威吓对方了。

这么说起来，菲洛鸟和狮鹫的关系好像也不怎么好。

我也看过类似的神话故事，内容涉及狮鹫对马的敌视。

原来如此，可能是伤害到菲洛鸟作为坐骑的自尊了吧。

菲洛鸟和龙的关系也不好，它们讨厌的东西还不少。

不过能因此激起菲洛的斗志，也算不错。

“莺声，你还能控制力度吗？”

“唔……”

看起来是不行了，她恐怕是想用尽全力攻击。

“那就这样吧，一开场你就把我给你的流星锤扔出去。绝对不准变成菲洛鸟，知道吗？”

一旦有人认出菲洛就是有名的神鸟，就会有观众和贵族意识到我们是盾之勇者一行。就算没有，能化作人形的魔物也会激起他们的好奇心。

我想在事情变得无法挽回之前，尽量低调地解决敌人。

没办法了，我本来还想一步一步稳扎稳打，再忽然走到台前的，现在只能放弃这个黑马设定了。

但我还是尽量不暴露勇者的身份，能藏就藏。

勇者和默默无名的强者，这两者需要负担的压力有着根本上的差距。

“知道了。”

然后要怎么办呢？

“拉……信乐，能打倒它们吗？”

“试试看吧。”

“那么，比赛开始！”

伴随着铜锣声响起，关着狮鹫的铁笼子也打开了。

“嘎啊啊啊！”

几只狮鹫迅速冲出铁笼，恶狠狠地瞪着我们。它们迅猛地冲了过来，一眨眼就冲到了眼前。

观众席上，戴着面具的贵族们不停地交头接耳，好奇的目光紧盯着我们。

也许在以前的比赛中，这几只魔物曾经残忍地杀死了当时的对手吧。

仔细看看，狮鹫的爪子上还残留着血迹呢。

“一招决胜负吧。”

“是啊。如果让对手找到受支援的机会就麻烦了。”

拉芙塔莉雅握住了刀柄。

“……中级·灵气。”

这次我仍然压低了声音，给拉芙塔莉雅用上了支援魔法。

拉芙塔莉雅冲了出去。

虽然还承受着诅咒带来的削弱影响，但是有等级修正的效果在，行动速度也不至于受到多少影响。

精神越集中，就感觉周围事物的动作越缓慢。

这方面来说，对手这几只狮鹫也有类似的感觉吧。

“哈啊啊啊！”

菲洛用尽全力把流星锤扔向狮鹫。

“嘎啊啊啊？”

可能是菲洛的攻击实在出乎意料吧，狮鹫挥动翅膀想避开。

其中一只被流星锤砸中翅膀，直接被冲天而起的火柱点着了。

“哈啊啊啊！”

已经拔刀的拉芙塔莉雅还在继续加速。

“瞬刀·霞一文字！突刀技·心杀一式、二式！”

拉芙塔莉雅挥出第一刀，瞄准的是冲在最前面的一只狮鹫——这只大概也是它们的首领吧——接着又挥刀去砍后面两只身形略小的家伙。

虽然比不上绊的血花线，但这两刀也是非常快的攻击了。

攻击过后，拉芙塔莉雅回转刀身甩掉血珠，收刀入鞘。

“抱歉。很遗憾，你们的速度还不够。”

那只大概是首领的狮鹫被从前胸劈开，后面的两只也喷着血倒下了。

会不会太引人注目了？

不过拉芙塔莉雅的技能有个优点，就是不像我的技能那样都是些奇奇怪怪的攻击方式。当然，虽然其中也有些攻击方式比较像勇者才有的技能，但是一眼看上去也就只是速度较快的劈砍而已。

如果像我的技能一样，凭空搞出几面盾牌什么的，一招就会暴露身份了。

也可能有人会怀疑她使用的是魔法吧？其实我还不太能掌握其中的分界线在哪里。

观众和主持人都哑口无言。

“胜……胜利者——是洛克瓦雷小队！”

主持人声嘶力竭。观众席的反应落后了一拍，随即也开始高声喝彩。

感觉上就是我们打得太快了，在场的人都有些跟不上节奏。

“果然还是不在状态啊。这种水平的对手，还得用上技能才一招解决。”

“是吗？”

“嘿咻嘿咻。”

菲洛还挺喜欢那把流星锤的，又把它捡了回来。

我随便挥挥手，再次回到休息室。

“我还想尽量低调些呢，看起来有点难度啊。”

“是啊，对不起。”

“是我让你这么做的，不要放在心上。”

而且我觉得这也是没办法的。我不希望她们受伤，哪怕受

伤的可能性很小。

“菲洛，你回村子吗？”

“嗯！说起来，莉西亚姐姐呢？”

“我让她去做调查了。”

莉西亚现在带着小拉芙一起行动，调查比较有实力的队伍。

不知道她能分析出多少信息。

毕竟她挺博学的，说不定能起到什么作用。

“拜拜！菲洛会做个好孩子的！”

菲洛手上还在甩着那把她最近特别喜欢的流星锤。还敢说自己是好孩子？哪有到处点火的好孩子？玩火的孩子可是很危险的。

“行行行，你少玩那个。”

“好——”

我用传送技能把菲洛送回了村子。

菲洛的身影一闪，就从我眼前消失了。

“好了，拉芙塔莉雅，今晚也要拜托你了。”

“是……又到了让人郁闷的时间了。”

“是啊。”

没钱就不能把村子的幸存者买回来。眼睁睁看着他们被人买走是很痛苦的，但又必须查清楚他们被什么人买走，不然等攒够了钱的时候，可就买不回来了。

“至少我们这么做是有意义的。加油吧。”

“我知道的。那尚文大人也要加油啊。”

“嗯。”

我也得像莉西亚一样去角斗场观赛。

如果小拉芙能陪着我，也许我还能欣慰一点。

第十五话 袭击与阴谋

我也不是每次都去同一处，只是今天我要去的，又是之前那个遇到过酗酒女人的地方。

这里还挺热闹的，比赛也还在继续，客人们的注意力其实还是集中在赛场上的。

看情况，好像也有即将参与比赛的雇佣兵在这里交换情报。

“啊呀？”

我随便找了个位置，刚点好酒，之前那个酗酒女人就朝着我这边凑过来了。

啧！她是不是盯上我了？

“你好像挺顺利的一直赢啊。姐姐我也看了比赛哦。”

“被你看出来了啊。”

我为了隐藏身份，还特意戴上了铁面具，她居然能认出来。

“我看你的身形和动作就知道了。”

话说回来，面具这类东西，虽然在动画里只要戴上就能隐藏身份，连亲人都认不出来，现实中却一下子就会暴露。如果认不出来，只能证明双方确实不熟。

那我做这番手脚还有什么意义？

“说起来我们还没有自我介绍过吧。我叫娜迪亚。”

“……”

我如果说了真名，就会暴露身份。

怎么办？干脆就用外号吧。

“我是洛克。”

“啊，是小洛克呀。话说回来，小洛克是不是已经习惯了比赛的节奏啦？”

“确实比我之前设想得更顺利一些。”

不过隐藏实力比想象中更难。我已经处在暴露的边缘了。

树好像就很喜欢这么玩，我完全无法理解。

因为暴露实力会带来很麻烦的连锁反应，所以我才选择隐瞒身份。如果可以的话，我真想让菲洛马上大闹一场。

“大家都很关注你们哦。居然能一瞬间就解决掉狮鹫。”

“那场比赛的关注度果然很高啊……”

娜迪亚像上次一样点了一大堆酒，一边喝，一边同意我的说法。

这个女人也太喜欢喝酒了吧。

“噗哈！”

娜迪亚挥了挥手，赶走了凑过来的雇佣兵。

她刚说过，很多人都看了之前的那场比赛，这几个人可能也是想来问我问题的吧。

“那小洛克，你想不想听姐姐讲讲，比赛的第二条注意事项呢？”

“那是什么？”

还有其他事项吗？

“这个嘛，与其说是每次比赛都会遇到的问题，还不如说，是参加比赛的人必须多加注意的问题。”

“哦？”

“就算是在正式场地举行的大赛，也会有很多问题，有时候还有可能会让人直接失去继续比赛的资格哦。”

“你到底想说什么啊？”

这个时候，娜迪亚又给酒杯里倒满酒，推到我面前。

是让我喝吗？唉……真没办法。

我一口气喝干了那杯酒。

这是一杯水果酒，我还直接在酒里吃到了一些果肉。

水果本身混合着酒液一起喝，有着非常香甜的味道。我总觉得在哪里喝过这东西。

“呼……那么，到底是什么？”

我把喝干的酒杯放回桌上。

“嗯……这个嘛。”

她摆出一副煞有介事的态度，就是不肯把话说清楚。

“小洛克，你酒量很好嘛。”

“酒和水没什么区别，我没喝醉过。”

娜迪亚睁大了眼睛，好像很吃惊。

这是什么反应?

“这样啊……那我就告诉你吧。所谓事实胜于雄辩，我们出去散散步、吹吹风吧。”

“不看比赛了？”

“这几场都没什么看头。我昨天就看出来了，所以不看也没关系的。”

的确，上次娜迪亚就靠着直觉猜到了比赛的结局。

也许她说得对。

还有刚才那几个雇佣兵，已经明目张胆地盯着我看了半天，好像也快要沉不住气了。

不如我干脆早点离开，让不显眼的莉西亚来调查算了。

我还得隐藏自己的身份呢。

娜迪亚已经起身离开了，我跟在她身后离开了角斗场。

夜晚的哲尔拓普鲁仍然非常热闹，可以说是名副其实的不

夜城。

酒店也有很多，里面时不时传出吵闹的声音。

娜迪亚刚才说想吹吹风，现在却沿着水渠越走越偏僻。

哲尔拓普鲁的水渠是通向大海的。之前也说过，可以坐船往来。

受这个环境的影响，夜风中也混杂着若有若无的咸味。

小巷中的水渠错综复杂，营造出一种类似于威尼斯的氛围。

倒是挺适合散步的。

“对了，小洛克，刚才我们说的那件事。”

“哦。”

“引人注意后这种事情就会多起来，其实第一场比赛后就已经有了，你没有注意到吗？”

“嗯？”

我回想莉西亚调查的第一场比赛的胜负结果。

我只关注自己的胜利，并没有留意其他情况，这里面有什么问题吗？

嗯……这么说的话，我们的比赛好像确实是提前开始的，以至于我有点好奇，前一场比赛是不是结束得太快了。

刚才这一场，我们的比赛时间也调整过。

我对照了一下今天的对战表。

“不战而胜的比赛好像有点过多了。”

是有人临时不能来参赛吗？

或者是因为参赛者没有时间观念？

因为这个输掉比赛也太荒谬了吧，根本就是毫无规划嘛。

虽然我第一时间想到的都是这些和平的理由，但其实我自己也已经找到了真正的答案。

“没错。你想明白了吗？”

“……”

这句话让我后背一阵发凉。

就在这个时候，伴随着武器出鞘的声音，一群恶行恶相的男人从四面八方出现，把我们两个围在中间。

唔……我这是中招了吧？

从现状来看，我只有一个人。顶着他们的攻击往人多的地方跑，能跑得掉吗？

也不是，如果我使用有反击效果的盾的话，甚至还可能实现反转。

这个女人居然坑我，实在是太没有自知之明了——

“哎呀，你们以为，这样就能阻止姐姐了吗？”

“少啰唆！两个猎物一起送上门来！还不动手根本天理不容吧！”

这群坏人的首领，是我刚才见过的人。

他们应该是雇佣兵吧？看上去也像是有点水平的。

“娜迪亚！还有洛克瓦雷！为了我们去死吧！”

随着男人一声呼喝，周围的家伙一起冲了上来。

我举起盾牌抵挡攻击……

“哎呀，虽然我不讨厌急性子的小孩，但是你们也太急啦！”

娜迪亚一边说，一边取下背上的鱼叉，开始吟唱魔法。

“力量之源听吾号令。世间真理在此解读，雷电啊，贯穿我面前的人吧！”

“群·高级·连锁闪电！”

令人目眩的电光从娜迪亚那把鱼叉的尖端发出，带出数道雷电，贯穿了那些坏人！

“呀啊啊啊！”

“哇啊啊啊！”

好快！看她的动作就知道，她一定久经沙场了。

耀眼的电光就像有自己的意识一样，毫无遗漏地攻击了在场的所有敌人。

“居然只有这种小杂兵吗？真是无聊。”

被击中的男人们不停地抽搐，最后一个个翻着白眼倒下。

我曾经见过这种症状！

我第一次遇到娜迪亚的时候，赛场上的那个魔物不就是这么输的吗！

“还没完……呢！”

“哎呀？”

有个伤势不重的家伙，坚持着爬起来冲向娜迪亚。

居然对我视而不见吗？

不过，第一，我没有出手的理由；第二，看娜迪亚的动作，她也不需要我帮忙。

娜迪亚轻快地转动鱼叉，用力刺向扑过来的男人，紧跟着迈出一步。

“唔啊……”

噗的一声，那个男人已经倒着飞了出去，消失在小巷的阴影中了。

人体撞墙的声音响过之后，周围又恢复了安静。

“差不多就是这样了吧。”

娜迪亚看上去赢得挺轻松，她随手转了几下那把鱼叉，又把它放回背后。

“这样你就明白了吧？”

“……算是吧。”

不战而胜是因为对手被伏击了。

从最后的结果来看，对手已经不能战斗……可能有人再也无法康复，或者已经丢了性命吧。

其中可能有些人会选择报复，但是从总体来看，被伏击的一定不在少数。

这场大赛牵涉的利益太大，又是黑市比赛。

这么一说，之所以要在比赛开始之前就走完下注的程序，也是为了防止还没比赛就分出输赢，导致赌局流产吧。

原来如此，就算选手弃权，赌局也能不受影响，所以才会催生赛前下注的制度。

可是这样一来，赌博的信用不也荡然无存了吗？居然还有这么多人参与这样的赌局。

“虽然小洛克的战斗方式不错，但是让对手认识到自己赢不了，直接弃权，其实也是一种获胜的方式哦。”

“不然就会引来这些麻烦的家伙，对吧？”

“毕竟牵涉金钱，大家都不愿意轻易放弃呀。”

话说回来……这个女人也太强了吧？她不是一个单纯的酒鬼吗？

“因为对手不择手段，还会纠缠不休，所以你得多加小心才行。就算对着姐姐也不能掉以轻心哦。”

娜迪亚莫名其妙地握住了我的手。

“按照你的理论，你为了获胜也会不择手段，对吗？”

“是啊，其实我已经对小洛克下过一次手了。”

什么？这家伙做过什么吗？

她想用魔法让我也触电吗？

很遗憾，就算我被波及，也是不痛不痒。

还是说她在酒里下了毒？

但是我有鉴别毒药的技能，不可能发现不了。

事实上，因为有盾牌自带的技能，想暗杀我也是不可能的。

在这些前提下，这个人对我下了手。

就在我不停思考的时候，娜迪亚拉着我的手放到了她的胸口上。

我赶紧甩开了她的手。

“哎呀？”

“所以你到底对我做了什么？”

“这个嘛，就当赔罪吧，下次就让姐姐来对你进行爱的表白吧！”

“你再开这种玩笑我要走了。”

“小洛克真是无趣。”

酗酒女一边说，一边哈哈大笑。

真希望她能收敛一点……

“我刚才给小洛克的酒里放了露可露的果实哦。”

“啊……原来只是这东西啊。”

“这东西还能用来暗杀呢，尤其是在酒馆里。”

我记得露可露的果实不能直接吃，是用来造酒的。

其实我到处做生意的时候，很多村子的人会拿出这东西让我吃，以此证实我的身份。

原来如此，这东西对我来说算不上有毒，所以盾牌也没有反应。

我也没想到，原来露可露的果实还有这种使用方法。

能用来暗杀的果实，那不就比砒霜还可怕了吗？

我可能是体质问题吧，对这东西没什么反应。

娜迪亚忽然凑过来抱住我，在我耳根轻轻吻了一下。

“你干什么！”

这次她是想勾引我吗？可别再挑事了！

娜迪亚几步就和我拉开了一段距离，接着又回过头来。她那双眼睛中浮现出笑意，我分不清到底是因为她性格太开朗，还是在担心我，或者只是对今后即将发生的事情有所期待。她一边笑一边说：

“我会祈祷的，可能的话，希望我们不要在角斗场上碰面。”

娜迪亚说完这句话，就伴随着咔哒咔哒的脚步声，消失在哲尔拓普鲁的暗巷里。

“可能的话，就在某场之前放弃……”

只留下了这样半句话。

什么意思？

就连她给我下毒这件事，仔细想想，也是通过事实让我了解了角斗场的危险，离开时的态度也很古怪，让我无法分辨她到底是在担心我还是在诱惑我。

最后还让我放弃。

很遗憾，我是不可能放弃的。

我走出暗巷，准备返回奴隶市场跟拉芙塔莉雅他们会合。

“有你同乡的奴隶吗？”

拉芙塔莉雅出来迎接我。

“今天没有看到。”

“是吗，那就好。”

今天履行护卫职责的是奴隶商人的部下，也陪着莉西亚一起回来了。

“唔啊啊啊……吓死我了。”

“拉芙！”

“如果让他们知道我们有关系就危险了。这些人为了获胜是不择手段的。”

“唔啊啊啊！”

之后，考虑到安全性的问题，我们用传送技能返回了村子。

不知道是不是闻到了我的味道，菲洛很快就过来了。

“主人，欢迎回来。”

“嗯，这么晚了，小鬼们睡了吗？”

“嗯，菲洛唱了摇篮曲，她们还说已经吃不下了呢。”

一定是做了个美梦吧。

“对了，拉芙塔莉雅那边没遇到什么问题吗？角斗场的参赛者好像在找我们麻烦。”

“咦？啊，原来是那个意思啊。我为了自保，就把对方处理掉了。”

居然已经处理完了。

反杀成功，也就意味着我们明天会不战而胜。

话说回来，她刚才居然说已经处理掉了……拉芙塔莉雅到底会变成什么样的人呢？

“杀掉了吗？”

“那会引起骚乱的……我只是让他们有个教训，两三天动不了而已。”

这个我又应该如何评价呢？

拉芙塔莉雅已经茁壮成长了。

“那么，尚文大人，你们那边的情况怎么样啊？”

“我这边，嗯……酒馆那里有个之前认识的人，提醒我要小心，说有人为了赢得比赛会偷袭，除此之外就没什么收获了。莉西亚，你呢？”

“啊，是！我想办法看到了黑市角斗场比赛相关的资料！”

“哦……”

这样就可以确认，哪些参赛者经常在大赛中获胜，以及哪些参赛者必须要多加留心了吧。

“虽然参赛者非常多，但其中有个人值得多加注意。如果遇到他，大概会陷入苦战吧。”

“也不至于赢不了吧。”

“啊……是……”

一直以来，莉西亚也看过了不少的战斗现场。

像黑市角斗场这种比赛，虽然很残酷，但是与灵龟那种恐怖的对手相比，怎么看都算得上是轻松了。

选手实力方面，如果和绊或者葛拉丝她们相比，也显得弱了不少。

我们以前的对手都是厉害的家伙，所以根本没什么可怕的。

“值得注意的参赛者是谁？”

“这个必须多加注意的参赛者，是单独一人参加团队赛的，而且几乎每次都是冠军，不然也是前几名。这样的人并非绝无仅有，但是其他几个都没有参加这次的大赛。”

这是什么勇士啊，一个人参加团队赛？

难道说，是七星勇者隐姓埋名来参加黑市角斗了？

这也不是绝无可能。别说是七星勇者，就算是其他三个行踪不明的勇者中的一个也不奇怪。

“这个人叫什么啊？”

“唔……这个人的外号叫娜迪亚。”

啊？不就是那个酗酒女人吗？搞什么鬼啊？

虽然话是这么说，但是回想一下，我曾经亲眼看过她动手和使用魔法，即使只有一次，也能看得出她确实有这样的水平。

我居然在偶然之间认识了这样的人。

“怎么了？”

“不，没什么。”

一定要战斗的话，当然必须要对她多加注意。

第十六话 娜迪亚

如此这般，参赛者在不断减少，现在角斗场每天只有两场比赛，我们仍然一路取胜。

被袭击的第二天，果然是不战而胜。

这样的话，干脆等着对手来袭击自己好像也不错——我甚至产生了这样的想法。

对手及其背后的势力原本也想用各种手段来对付我们吧，幸亏我的背后也有与哲尔拓普鲁黑市瓜葛颇深的奴隶商人一族以及首饰商人。

我稍微提了几句关于从绊的世界带回来的材料，首饰商人自己就黏上来了。

这家伙对金钱的味道太敏感了。如果能有效利用这一点，具有提取掉落物品功能的道具和复制浪潮召唤功能的道具都有希望大批量生产。

有奴隶商人和首饰商人这两大组织的庇护，已经足以应对阴险迂回的各种小动作了。

另外，根据奴隶商人提供的情报，还有个奇怪的流言说我们和娜迪亚有关系，所以大家也对我们敬而远之。

到了这个时候，我们得到的好评也多了不少，成了比较受瞩目的参赛者。

那也是因为我们几乎每场比赛都是一开场就分出了胜负。

还有那把流星锤，最近已经成了菲洛的玩具，提供流星锤的家伙现在也每场比赛都来支持我们。

这段时间，他还扔过其他的武器给我们，我都拿去给菲洛扔着玩了。

反正我们就这样一路赢了过来。

现在大部分的参赛者已经被淘汰，剩下的人数大大减少，赛程也进入了半决赛。

“明天的对手是谁？”

“这是明天的重点赛程表。”

奴隶商人一边擦汗，一边把写了我们明天对手的纸递给了我。纸上面写着……娜迪亚的名字。看起来，她也是种子选手吧。

终于要和那个女人战斗了。

“这就是莉西亚小姐说过的那个人吧。”

“是啊。”

“嗯？是明天要打的人？”

菲洛很好奇地看着我手上的纸。

“虽然她能用雷系魔法，但不是魔法师，也能近战，是个非常厉害的家伙。她可是敢一个人参加团队赛的。”

“不知道她到底有多强啊。”

怎么说呢，就和我们之前的战绩差不多吧。

基本上就在主持人宣布战斗开始的同时，对手已经倒下了。

也是基于同样的道理，我们现在才会变得这么有名。

“如果能跨越这个难关，下一步就是决赛了。再坚持一下，就能凑够钱买回村里的人了！”

“是！不过……居然是用雷的啊……”

“唔啊啊啊……”

“莉西亚，你也挺努力了。接下来就和小拉芙一起帮我们加油吧。”

“拉芙。”

小拉芙趴在莉西亚的肩上叫道。

没错。反正我们只有继续赢下去这一条路可走。

第二天，我们几个在角斗场的休息室里做战斗准备，外面早已经是欢声雷动。

下一个对手是以一人之力在团队赛中一路高歌猛进的怪物，名声非常响亮。

她总不会比灵龟或者京更厉害吧。

但有一点是可以确定的，如果我们稍有大意，就可能丢掉性命。

如果我们今天赢了，明天参加的就是冠军争夺战，好像还得配合宣传什么的。

这日程安排也太紧张了。

“主人，还不能上场吗？”

“也是。那我们就走吧。”

“嗯，明天再赢一场，就可以把村子里的孩子都带回去了。”

我们必须小心应付今天的对手。

也许她身后还有其他内幕，也许还有数不清的可能性。

万一大会主办方早就内定了最后的胜利者，我们怎么办？

如果他们只是搞点小动作，因为我们背后的势力也很庞大，所以几乎不会造成什么影响。

但是，比赛中会受到什么影响我们可无法预测。

没错……比如说，如果有人用仪式魔法那种大型援助魔法帮助娜迪亚，结果会如何？

这可不是被害妄想症。

“一定要小心谨慎！尽快……取得胜利！”

“是！”

“菲洛会加油的！”

我们就这样进入了为贵族们提供刺激的赛场。

哇啊啊啊！

欢呼声震耳欲聋。

娜迪亚已经在赛场等我们了。

“哎呀哎呀，结果你还是没听姐姐的忠告，来比赛啦。”

“很遗憾，为了我的目的，我也必须赢得这次大赛。”

在开战之前，娜迪亚伸出手走近我，是要握手的意思。

“随便吧。姐姐也会全力以赴的，放马过来吧。”

“就算对手是你，我也不会输的。”

趁着握手的间隙，娜迪亚轻轻地抱了我一下，在我耳边低声问道：

“你是为了买下鲁洛洛那村的奴隶……对吗？”

啊？这个女人居然知道我的目的。

我完全不知道是从什么渠道泄密的。

可是眼前这个女人，确实掌握了我们的目的。

“想一次性赚到那么大一笔钱，倒也是个好主意。但是姐姐也不会输的。”

看来她可能以为我要买这些奴隶，是想转卖再大赚一笔吧。

我也没必要纠正她的想法。

为了找回拉芙塔莉雅的同乡，我们无论如何都需要这笔钱。

“这是我要说的话。”

听到我的回答之后，娜迪亚点点头拉开了距离。

“接下来，洛——克瓦——雷——小队与娜——迪——亚——的比赛开始！”

主持人都声嘶力竭了。

其实他每次说话我都会怀疑，他的声带不会出问题吗？

“堂堂正正的——半决赛！现在开始——”

咚！挂起来的巨大铜锣被敲出巨响。

“姐姐来咯！”

娜迪亚举起鱼叉，准备吟唱魔法。

“想得美！”

“嗯！”

这时，拉芙塔莉雅和菲洛就像我们之前商量的一样，准备先发制人。

两个人同时提升速度缩减距离，拉芙塔莉雅高高跳起向下劈砍，菲洛像要扑到娜迪亚怀里一样，横着挥出双爪。

“哎哟。”

娜迪亚仿佛看穿了她们两个的攻击，退后几步，就在千钧一发之际……她居然避开了这一击？

“还没完呢！”

“喝！”

拉芙塔莉雅一边继续向前冲，一边反手举刀上挑。菲洛放低重心，用滑铲的姿势继续追击。

“还真是像刀一样一根筋呀。但你这样是伤不到姐姐的。”

娜迪亚用鱼叉封住了拉芙塔莉雅的攻击，接着又以鱼叉为轴心一转，躲过了菲洛的攻击，并在旋转一周之后顺利骑到了菲洛的背上。

“什么……”

“哦哦！”

拉芙塔莉雅哑口无言，菲洛也发出了感慨的声音。

从这一个动作，就能看出她是个很有经验的雇佣兵。

一个人能这么有名，果然是有原因的！

我们的动作完全被她提前看穿了——我从她的举动中只能

得出这个结论。

“好厉害！好厉害！主人！莺声想要用那个！”

“知道了！”

菲洛迅速骑到我的背上，给发动电光一闪做准备。

在此期间，拉芙塔莉雅还在继续攻击娜迪亚。

“哈啊啊啊！”

娜迪亚这家伙，好像完全看穿了拉芙塔莉雅那柄刀的走势，每次都是恰好避过刀锋躲开攻击。

“你还不太会用刀啊。招式动作太直来直去了，这不是剑的用法吗？难得有这么好的刀，也太可惜了吧。”

她到底有多强啊！

可恶，对我们现在的状态来说，要从正面打倒她可能有点困难……

没办法了。我背上还背着菲洛，开始轻声吟唱支援魔法“中级·灵气”。

“力量之源遵从盾之勇者号令。传承之理在此解读，给她们以援助吧！”

“中级·灵气！”

我用支援魔法提升了拉芙塔莉雅的能力，再趁机也给菲洛用上，希望能一招决胜负。

我本来是这么想的。结果就在我吟唱完毕，魔法即将接触到拉芙塔莉雅的那个瞬间，娜迪亚好像看了我一眼，也吟唱了魔法。

“力量之源听吾号令。传承之理在此解读，让他的援助消散吧！”

“解除·中级·灵气！”

“什么？”

我注意到，原本应该作用到拉芙塔莉雅身上的“中级·灵气”就此消失了。

没错，我自己构建并释放的魔法，根本没有抵达拉芙塔莉雅就在半路消散了。

给我等一下！

虽然我听说过高级魔法是可以实现妨碍效果的，可是眼前这家伙居然用这么短的吟唱就阻止了我的中级魔法，她到底是什么水平啊？

娜迪亚直接让我吟唱的魔法失去了效果。

我虽然理解这个现象，但还是迟疑了几秒钟。

拉芙塔莉雅的攻击原本是要配合我的支援，如此一来也随之产生了极大的破绽。

“什么——”

“有破绽！”

娜迪亚手持鱼叉压低重心，冲向拉芙塔莉雅，就像攻击那些偷袭的雇佣兵一样灌注了力量。

“唔！呃……啊……”

拉芙塔莉雅被她的攻击打飞，撞到了角斗台的墙上。

紧接着就是墙壁碎裂的声音。

“拉……信乐！”

好危险。对方可是能让支援魔法失效的高手，如果让她知道了我们的真实姓名，那更不知道她会使出什么样的攻击了。

“我……我没事。”

拉芙塔莉雅摇摇晃晃地站起来，一只手按着被鱼叉击中的肩膀。

“唔……”

娜迪亚抓住这个机会，又开始吟唱魔法了。

“要把嘿咻嘿咻扔过去吗？”

“不，万一她拿去用就麻烦了。”

她只用一把鱼叉，就已经把我们打得这么惨了。

如果再被她抢走流星锤，我们会陷入更加艰难的境地。

现在必须保证拉芙塔莉雅能继续战斗。

我从怀里拿出伤药，冲到拉芙塔莉雅身边，一边吟唱恢复魔法，一边给她处理伤口。

至少在极近距离吟唱的恢复魔法没有被打断。

“非常感谢。尚……洛克大人。”

“嗯……那个女人，她是怪物吧？”

虽然我们现在的能力处于削弱状态，但也比普通冒险者强得多，这家伙居然能轻易化解拉芙塔莉雅和菲洛的攻击，也太离谱了吧。

本来只靠拉芙塔莉雅和菲洛的一击就能结束战斗的。

我确认了一下系统状态，有好多地方都是模糊的。

其实仅凭感觉也知道，会场里一直受到某种魔法的干扰。

只是不知道这是娜迪亚做的，还是观众花钱买的，或者是运营商背地里弄的。

看来只能我亲自出手压制了。

“要莺声去吗？”

菲洛已经做好了发动电光一闪和螺旋冲击的准备。

“是啊。反正我们现在也没有手下留情的余地了。”

虽然我希望能隐瞒身份赢到底，但是这个对手可没有那么简单。

“信乐，我会用盾牌控制住她，然后你就和莺声一起攻击，可以吧？”

“知……知道了。”

恢复魔法起了作用，拉芙塔莉雅已经可以继续战斗了。

如果闯不过这一关，一切都是空谈。我们只能孤注一掷了。

我缓缓向娜迪亚走去。

“哎呀？阵型变了呀。小洛克终于要出手了？”

“是啊。不是说王牌要留到最后吗？我就给你个特别待遇，亲自对付你吧。”

在迄今为止的比赛中，不需要我出手，仅凭拉芙塔莉雅和菲洛就足以取胜了。只是现在这个作战方式已经失败，我只能出手了。

“好了，姐姐的魔法也差不多完成了，你就尝尝吧？”

“上吧！”

我背着菲洛起跑。

虽然我们的能力受诅咒影响降低了，但还能维持相当快的速度。

全力跑起来的时候，也能感觉到整个世界的时间变得缓慢，我就在这种状态下冲向娜迪亚。

娜迪亚的速度也很快，她举起鱼叉对着我吟唱魔法。

我不知道这个女人能使出多么厉害的魔法，就让我来完全防御吧！

“直接冲上来可不行哦，被击中会死的。力量之源听吾号令。世间真理在此解读，天雷啊，覆灭我面前之人吧！”

“高级·雷霆破裂！”

娜迪亚瞄准正在冲刺的我，降下了一道非常粗的雷电。

雷电带来巨响和闪光，让我的耳朵和眼睛都很难受，这是一道高度压缩的魔法攻击。

在仪式魔法中，有一种叫“制裁”的落雷魔法，就是三勇教教皇偷袭我时使用过的。

娜迪亚凭借一己之力，居然就对我用出了不逊于那一击的魔法。

她可真是个怪物。

我甚至都想批评她几句了，我们打灵龟的时候她为什么不来帮忙，她也太强了吧！

总之，我用斗篷和盾牌挡住菲洛，继续向前冲。

娜迪亚吟唱的魔法噼噼啪啪地打在我身上。

对于雷系魔法来说，速度就是命门。等到眼睛能看清的时候，攻击已经来到面前。

这种威力的雷电，如果击中除我之外的家伙，可不是烧焦就能了事的。

“接招！看看我们真正的配合吧！”

我一边体会着触电的感觉，一边用盾牌挡开雷电构成的攻击链，用尽全力把菲洛扔了出去。

“怎……怎么回事？居然正面承受住了娜迪亚的制胜一击，还做出了反击——”

主持人发出惨叫一样的声音，欢呼声更加热烈。

但我可没空理会这么多了，对我来说，现在最重要的就是打倒眼前的敌人！

“哈啊啊啊！”

菲洛用上了自己积蓄的全部魔力，用电光一闪和螺旋冲击攻击娜迪亚。

“哎呀！好厉害啊。这可是姐姐的制胜攻击呀！”

娜迪亚眼看着菲洛用比雷电更快的速度靠近，很激动地喊了一句，看不出她是焦急还是兴奋。

难道她连菲洛的这招也能看穿吗？

“我在比赛里看过，这孩子的高速攻击能维持三秒。你们都是在这个时间内用强力攻击定胜负的吧。”

“喝！”

“也就是说……”

她精准地预测到我会把菲洛扔过去……也不对，她应该是预判到我会在吟唱魔法的间隙趁势攻击吧。

娜迪亚手持鱼叉，开始吟唱另一个魔法。

原来如此，她应该是想继续利用之前的攻击造成的雷云吧。

她的吟唱太快了。居然还能这么用吗？

“力量之源听吾号令。世间真理在此解读，雷霆啊，给我守护与支持吧！”

“高级·电光火石！”

魔法真是深不可测呀。

伴随着轰鸣声，一道雷击中了娜迪亚，可能是支援魔法吧，娜迪亚身上开始有电光流窜。

娜迪亚没有正面迎接菲洛的攻击，而是动作迅速地向远处回避。

糟了，菲洛的攻击轨迹是一条直线。

虽然可以微调，但就算这样，在击中娜迪亚之前，电光一闪的效果就会解除。只凭螺旋冲击的攻击力，恐怕不能一击定胜负。

“呀唔唔唔！”

明明是菲洛攻击娜迪亚，她自己却发出了近似于惨叫的声音。浑身带电的娜迪亚发出一道电流，像静电一样打向菲洛。

“来了！”

菲洛还没有放弃。

那我也只有一个选择了。

“气波盾！第二盾！第三盾！”

为了让娜迪亚无处可躲，我在她后背、脚边和身侧都放上了盾牌。

这样不但能从触电攻击下保护菲洛，还能限制娜迪亚的活动范围，让她被菲洛击中。

“哎呀，这可挺有趣的。姐姐也吓了一跳呢。”

“这是彩蛋啊。”

她能选择的方向只剩下另一侧和上方。为了让菲洛的攻击命中，我想尽可能阻止她向侧面移动。

可能是我的愿望实现了吧，娜迪亚微微蹲下，准备向侧面跳开。

“别做梦了！盾狱！”

我把盾狱放置在她身侧，堵住了她逃走的最后一个可能！

怎么样！这可是连拉尔科都躲不过的盾牌障碍连锁！

配合我的防守，就能达到这种效果！

接下来，只要菲洛的螺旋冲击命中，拉芙塔莉雅也补上攻击就行了。

“哎呀哎呀，好厉害啊。只不过——”

咔嚓一声，娜迪亚手上的鱼叉戳入地面，她再次用鱼叉做轴心，全身一转，迅速绕到了背后那面盾牌之后。

“哇——”

菲洛的攻击命中了我的盾牌，伴随着嘎啦嘎啦的声音，速度和威力都被抵消了。

唔……但是我还有形态变换呢！

“形——”

我的吟唱才刚开始，就感觉被身边的空气裹住了。

空气有种束缚感……光是动动手腕都觉得很沉重。

发生了什么事？

我一边想一边环顾四周，角斗台的地面就像海底一样，咕嘟咕嘟地冒着气泡。

呼吸还是不受影响的，这是怎么回事？

“哎呀，可能是大家攻击的速度太快了，为了放缓节奏，有人用了改变场地状态的魔法吧。”

什么？怎么偏偏在这个时候捣乱呀！

在这个角斗场上，观众可以花钱购买支援效果。难道这也是其中之一吗？

“这是能模拟水中效果的合唱魔法‘大海原’，根本就是姐姐最擅长的环境嘛，那姐姐可更不能输了。”

“怎么会……”

拉芙塔莉雅正好冲到我前面，刚准备反击，却发出了吃惊的喊声。

“可恶！形态——”

“可惜，你慢了一步。”

我的盾就好像根本不是盾一样，娜迪亚的鱼叉先是一击戳飞了菲洛，又顺势般挡住了拉芙塔莉雅的刀，两个人开始角力。

她的战斗经验也太丰富了吧！

我都已经用上隐藏技能封锁她的躲避路径了，这家伙却迅速做出了应对。

虽然我们的状态受到观众的干预，但是从技术层面来说，她应该是我们遇过的对手中最厉害的。

“唔……好痛！但是……”

菲洛刚刚的全力一击撞到了我的盾牌上，又因为接触到娜迪亚身上的雷而触电。但她不愿意放弃，还想继续攻击。

她已经不堪一击了。

“还没完呢！形态变换！”

我也不会躲在后方什么都不做的。

只是，不知道是不是受到这个模拟水中环境的效果影响，娜迪亚放出的雷电范围比刚才更大了。

如果只是让我们的技能无效也就算了，但是这次的雷电好像不一样，我们三个都在雷电的攻击范围里。

是高压电！

虽然我自己没事，但拉芙塔莉雅和菲洛却不行。

即便如此，只要我能按住这个女人，拉芙塔莉雅她们还是可以攻击的！

“抓住了！”

靠锁链连接在一起的盾牌困住了娜迪亚，我扑上去抓住她，制止她的动作。

“哎呀！小洛克真主动呢！”

“趁现在！”

娜迪亚虽然被我抓住，但还是伸出手瞄准菲洛，开始吟唱魔法。

“中级·雷霆伏特！”

“不会让你得逞！E悬浮盾！形态变换！”

虽然雷电扩散开很麻烦，但也不是毫无办法。

我使出了E悬浮盾，用意念让它出现在能保护菲洛的地方，再用形态变换把盾牌变化成能吸引雷电的钢铁盾。

“哎呀哎呀。”

娜迪亚释放的雷击中了盾牌，盾牌本身完全变成了蓄电状态。

“请不要忘记还有我呢！”

受形态变换影响而暂时后退的拉芙塔莉雅，高高举起了手中的刀。

“还挺有精神的。但是你的破绽太多了。”

“咦？啊！”

我的束缚好像没对娜迪亚造成任何妨碍，她用自由的手挥舞鱼叉，划到了拉芙塔莉雅的腿，又利用拉芙塔莉雅想调整姿势的力量把她打飞了。拉芙塔莉雅就在我面前一屁股坐在地上。

可恶，这种仿佛水中一样的环境，对我们来说只有不利的影响。

“那么，接下来就轮到小洛克了——”

形态变换的时间也到了。现在只有我还按着娜迪亚。

“看你有没有这个能耐！”

虽然被诅咒了，但我本身的防御力是没有变化的。

大部分魔法都无法伤害到我。

“高级·雷霆防御！”

娜迪亚给自己身上放了一道噼啪作响的雷电。

这好像是保护施术者自身的防御魔法，这种时候还是挺有用的。

然而这种程度的魔法，无法撼动我一丝一毫。

“哎呀？你提前准备了对付姐姐的办法吗？”

“你猜。”

我倒是没有什么对策，只是对自己的防御力有信心，相信自己能顶住这种水平的攻击而已。

“话说回来，小洛克你不对姐姐动手吗？”

娜迪亚也开始怀疑了，她不明白我为什么空着手来对付她。

很遗憾，就算我想动手也动不了。

我又感觉到角斗场上有魔法的波动了，又是给娜迪亚的支援吧。

在模拟的水面上方，又出现了雷云。

明明在水里，头顶居然还有云，这种诡异感可能也是异世界所独有的吧。

对娜迪亚的支援是不是太多了啊？

“唔唔……噼噼啪啪地过不去呀。”

因为娜迪亚刚才吟唱的雷霆防御，拉芙塔莉雅她们都无法攻击了。我也想过，要不要再用悬浮盾配合形态变换把雷电导走，但是周边雷电太多了，根本导不完！

“唔唔……姐姐也有点扛不住啦。”

我看着娜迪亚，她脸上还带着笑容，但是已经有点急躁了。

我甚至不知道是她自己的雷电给她造成了伤害，还是拉芙塔莉雅她们的攻击有了效果。

“好难行动呀。”

她很用力地拿鱼叉戳我的后背，却完全无法造成伤害，只有碰撞的声音在周边回荡。

幸亏她不像变幻无双流的婆婆一样会防御比例攻击，这可能是我唯一能仰仗的了吧。

如果她会，那我今天也很难全身而退了。

“上吧！”

“莺声也来了！”

拉芙塔莉雅和菲洛也没有在雷电的屏障前止步，都在准备自己的技能。

双方之间还是有点距离的，希望她们选择了远距离攻击的魔法。

“风刀·真空！”

拉芙塔莉雅摆出拔刀术的姿势，瞄准娜迪亚使用了风之刃。

“高级·疾风弹！”

菲洛则发射了压缩的风球。

挡在面前的是强大的雷电屏障，她们两个也动了一番脑筋呢。拉芙塔莉雅的技能啪的一声打破了屏障，菲洛的魔法紧随其后。

“很好！干得好！攻击辅助！”

我用右手冒出的荆棘去刺娜迪亚。

虽然我本身的攻击不会带来任何后果，但是攻击辅助却能让她承受的下一次攻击有双倍效果。

她能承受得住吗？

“哎呀？”

娜迪亚挥舞鱼叉想挡掉迎面而来的技能。

但就算是娜迪亚，也没办法同时吟唱两个魔法吧。

拉芙塔莉雅和菲洛的攻击也不是随随便便就能对付的。

“没办法了。”

娜迪亚把手中的鱼叉……折断了？

这样一来，鱼叉中蕴藏的力量——某种像魔力一样的东西流泻而出。

感觉上就好像是以鱼叉为中心，引发了一场魔力的风暴。

我在游戏里见过类似场面。这是一种一次性的必杀攻击，要牺牲自己的武器才能触发，代价就是武器会报废，不能再使用了。

这个世界居然也有这种武器吗？

“要是被击中要害可就危险了。”

娜迪亚瞄准拉芙塔莉雅和菲洛的技能，把折断的鱼叉扔过去承受攻击。

那个瞬间，鱼叉上爆发出耀眼的光芒。

“呀！”

“哇！”

拉芙塔莉雅和菲洛都被爆炸的气浪掀翻了。

娜迪亚身上则出现了一层防护膜，看上去应该是支援魔法带来的效果，风浪只是从她的身旁吹过，没有造成任何伤害。和她在一起的我也是一样的。

外场的支援太讨厌了！

从刚才开始，就只有娜迪亚单方面得到支援！

“也太难缠了吧！”

“哎呀哎呀。”

“还没完呢！”

“嗯！喝！”

拉芙塔莉雅和菲洛从烟尘中冲出来，齐齐奋力一击。

“哎呀！我喜欢这么有韧性的孩子！”

娜迪亚举起断掉的半截鱼叉，用雷系魔法模拟出已经损坏的部分，接住了拉芙塔莉雅的攻击。

“唔……”

拉芙塔莉雅虽然触电了，但还是挡住了这一击，菲洛趁机冲了过来。

娜迪亚还想转身避开，菲洛的爪子已经刺进了她的皮肤。

“哎呀，挺厉害嘛。”

原本呈现雷电形状的鱼叉，外形瞬间变化，一击就把菲洛打飞了。

“呀！唔，明明就差一点了——”

“还有一个。”

娜迪亚举起只剩下一半的鱼叉，迅速向前一刺，插向了和自己对峙的拉芙塔莉雅的胸口。

她就这么谈笑风生着下了杀手。

“咦？啊……呀啊啊啊！”

拉芙塔莉雅像遭受了手榴弹的攻击一样，被爆炸的气浪弹飞了。

不过，她落地还是很稳，还不忘向前举着刀，做出防御姿势。

“果然还是不能凭这招轻易获胜啊。如果要用更强的爆炸，发动就太快了，就算是姐姐我，距离这么近也是很危险的哦。”

让人难以置信的是，娜迪亚是用我的斗篷挡掉了爆炸的冲击。

“唔……她怎么这么厉害啊？”

确实如此。一个人居然强大到这种程度，她是怪物吧。

到了这个时候，终于有人扔了两件袍子进来，是给拉芙塔莉雅和菲洛的支援。

“这是……原来如此，菲……莺声！快穿上！这东西可以让雷击无效！”

“哇——好厉害！”

拉芙塔莉雅和菲洛穿上了丢进来的袍子。

“小洛克，你总是这么黏人，姐姐会多心的。你也该采取点行动了吧。”

“少啰唆！我哪有那个闲心！”

万幸的是，娜迪亚好像也没有其他武器了。

我可没打算放过这个机会。

“哎呀，好遗憾啊。那姐姐可要主动咯。”

娜迪亚趁着拉芙塔莉雅她们穿袍子的间隙，又开始吟唱魔法了。

可恶！我还能再拖延一下时间吗？

这家伙根本没有认真攻击过我，我的反击对她也没什么用。魔龙之盾有个反击效果是C魔弹，对娜迪亚好像也没什么效果。

不知道雷霆防御是不是被归入了反击的类别，我的反击效果一点反应都没有。

如果在受到反击时，我的反击效果也能发动就好了。

到了这个时候，娜迪亚好像终于要解决我这个妨碍她行动的人了，恐怕又是用范围魔法吧。

那我要不要干脆在四周都布置上盾牌，触发多个反击一起攻击她？

“力量之源听吾号令……”

娜迪亚开始吟唱大型魔法，我立刻发动技能：

“气波盾！第二盾！第三盾！盾狱！形态变换！”

“……世间真理在此解读，雷霆啊，让我面前的人麻痹吧！”

“高级·麻痹雷霆！”

什么？居然是没有攻击属性的状态异常魔法？

完全猜错了！

我为了使用反击效果变化了盾牌，结果却连一点反响都没有得到。

“唔……”

在高强度的麻痹魔法的作用下，我按着娜迪亚的手开始松动了。

“哎呀，好厉害啊。如果是一般的对手，这个时候已经完全不能动了。”

娜迪亚一边说，一边看准我露出的微小破绽，挣脱我的束缚，并且迅速拉开了距离。

“脆皮怎么能活得久呢？”

幸亏我学会了抵抗异常状态的技能，很有用。

虽然我早就知道，在黑市角斗场上遇到任何情况都是正常的，但是现在的情况太严峻了。

就算不考虑能力上的差距，娜迪亚这个女人的战斗力本身

也是相当高的。

就算我们现在没有受到诅咒的影响，也不可能碾压获胜。

水平不在她之上的话，是无法轻松战胜她的。

但是，我们居然陷入如今这种艰难的状态，这也很奇怪。事情一定没有那么简单。

是不是……有人对我们用了降低能力的魔法，同时也给娜迪亚用了提升能力的魔法呢？

我看着自己的系统状态，总有种奇怪的感觉。

……要用暴怒之盾烧尽一切吗？

我的脑海中突然冒出这个想法。

就算没有能力弱化的问题，我也会尽可能避免使用这个盾牌形态。

万幸的是，拉芙塔莉雅她们还能继续战斗。

而且还有人支援我们，给了能让雷电效果失效的袍子。

只要我再找到机会抓住她，就一定能找到突破口吧。

就在这个时候，有人给娜迪亚扔来了第二把鱼叉。

可恶……对方支援的时机也太绝妙了吧！

“很久没遇到能把姐姐逼到这种地步的对手啦。那么……姐姐干脆认真对付你们吧。”

娜迪亚摆出弯腰的姿势，周围的观众爆发出欢呼声。

他们好像在期待什么有趣的场面。

“娜迪亚选手！终于认真起来，准备兽人化了！诸位！敬请期待娜迪亚选手认真的战斗吧！”

兽人化？

我记得，兽类特征比人类特征明显的亚人就是兽人。

之前奴隶商人也告诉过我，亚人中有能随意变身成兽人的种类。

具有这种能力的家伙，在变身后本身的能力也会极大提升。

也就是说，娜迪亚刚才确实没有认真战斗。

糟糕了……

魔力集中在娜迪亚身边，某种雾气一样的东西开始凝结，她的身影若隐若现，看上去像是一道黑色的剪影。伴随着噼噼啪啪的声音，娜迪亚的全身都开始膨胀。虽然我也考虑要不要阻止她变身，但是她的速度太快了。

我还没来得及靠近，她的变身就要结束了。

最后，娜迪亚全身都变化了。

她的全身遍布由黑白两色构成的鲜明图案。

流线型的头部，以及在水中移动时不可或缺的两条尾鳍。

别具光泽的肌肤，一眼望去就像橡胶一样。

虽然她的背上也有像鲨鱼一样的背鳍，但外表看上去却不像鲨鱼那么恐怖。

外国恐怖电影也上演过这类题材，只是这类题材与鲨鱼题材相比，也算是非常少了。

这种生物，更多的是用来演绎与人类少年发展出友情之类的情节。

“咦？”

我听到拉芙塔莉雅吃惊的声音，现在可不是感叹的时候。必须仔细观察，找到对付她的办法。

在日本的水族馆里，这也是非常有人气的热门生物。

因为是兽人，与真正的动物不同，她有两只手和两条腿。

没错，如果用我知识范围内最接近的动物来指代的话，她大概属于鲸目齿鲸亚目海豚科虎鲸属……简单来说就是虎鲸。

虽然来到这个世界之后，我已经见识过各种各样的兽人，但还是第一次看到变身之后的虎鲸。

很有重量感的身躯，看起来有点笨重……只不过，恐怕实际上并不是外表看起来的样子。

她的身材和菲洛鸟形态的菲洛差不多。

老实说，真的相当大。

“那么……我来了！”

她能使用强大的雷电，我之前一直以为，她大概是雷兽、鵺或者什么其他幻兽的兽人，也想过龙和老虎之类的，没想到居然是水生动物系的兽人。

但是，与这些细枝末节相比，她一直以来都在手下留情这一点才更重要。

我可以认为，此时此刻她的整体能力都得到了提升。

她只是随便摇摇尾巴，就能在模拟水域中随意移动，这一点足以证明我的猜测。

如果被她的外表骗了，一定会吃大亏的。

她是准备加速给我们一记重击吧。

她在亚人形态时主要是使用魔法攻击，现在变成兽人形态，大概准备直接用强大的力量压制对手吧？

她大概很少会变身，只是在对方拥有对抗魔法的防具时，可以选择变身来让战斗更容易吧。

“那……那个……”

拉芙塔莉雅茫然地看着来回移动的娜迪亚。

“你在发什么呆啊！你想死吗？”

这可是很难应付的对手啊！

“拉……信乐！上啊！”

虽然我发出了攻击的指令，但拉芙塔莉雅却进入了放松状态，莫名其妙地完全解除了自己的防御。

“姐姐！”

菲洛也在提醒拉芙塔莉雅，她却根本没听进去。

“那我可要来了！”

娜迪亚举起鱼叉，提高速度沿直线冲了过来。

就在我为了保护拉芙塔莉雅，挡在她前面张开好几面盾牌，正准备开口吟唱流星盾的时候——

“……沙迪娜姐姐？”

第十七话 演戏

啊？

拉芙塔莉雅对娜迪亚说了一句话。

娜迪亚的反应也同样奇怪，她原本是用超高速度接近我们，却突然停在了我们面前。

“……哎呀？”

观众看到娜迪亚停了下来，也开始骚动了。

我记得那个叫沙迪娜的，应该是村里的渔民吧？

非常强，打鱼的，又是兽人……

奴隶们确实提到过，沙迪娜是水生动物系的兽人，相似点真的很多啊！

没想到娜迪亚居然就是那个人！

喂喂，这也太巧了吧。

“你果然是沙迪娜姐姐？你怎么会在这种地方啊？”

拉芙塔莉雅掀起装备，让对方看她的耳朵和尾巴。

“呃……居然长这么大了，姐姐也很吃惊，莫非你是……小拉芙塔莉雅？”

“是啊，是我，沙迪娜姐姐。”

这种巧合……居然真的发生了。

那么，这应该算是幸运的转折吧。

站在我们面前的这个人，是拉芙塔莉雅的同乡。

娜迪亚，不，应该是沙迪娜歪着头，目不转睛地看着我，好像在思考什么，然后又露出了爽朗的微笑。

“姐姐也吃了一惊呢。我们先假装打一会儿，趁着这段时间聊几句吧。”

“明白了。”

“那么，你们为什么要参加这种比赛呢？”

沙迪娜假装与我角力，又假装改变目标，用鱼叉向下压制。

拉芙塔莉雅和菲洛则假装要冲过来打近身战，又假装被打飞了。

“我们想把村里的孩子们买回来，所以需要尽快筹集一大笔钱。现在村子那片地方已经是我们的领地了。”

拉芙塔莉雅轻声给沙迪娜解释目前的情况。

我非常在意周围观众的视线。

我们刚才打得那么轰轰烈烈，现在却只是花拳绣腿。

“看起来要把情况说清楚，可能会很花时间哦。小拉芙塔莉雅也长大啦。”

沙迪娜感动得眼睛都湿润了。你倒是注意一下观众啊。

“总之，你还得像刚才那样用点雷电什么的。拉芙塔莉雅、菲洛，你们也得用看起来像必杀技一样的华丽的攻击，我也会用效果夸张的技能攻击。”

“明白了。”

“知道啦——”

沙迪娜使用了重视视觉效果的大范围雷击。

雷击效果甚至影响到了角斗场的围墙，引发了轰鸣。

我做出拼尽全力的姿态，张开各种盾牌来防御这虚有其表的雷电，等着拉芙塔莉雅她们发动攻击。

拉芙塔莉雅和菲洛也一样，不断用出各种华丽的技能。

事实上，这和用幻影魔法进行表演差不多。

整个过程中，我们一直在对话。

“那你为什么不一开始就用兽人形态战斗啊？”

如果她一开始就展现这个姿态，拉芙塔莉雅一眼就能认出她吧，拉芙塔莉雅好像根本不知道沙迪娜还能变成亚人形态，不然情况也不会变得这么复杂了。

“哎呀？小洛克，你看着自己的打扮，还有立场问这种问题吗？对我来说，亚人形态就兼具了隐藏身份的作用啊。”

我也不是不能理解。我们现在也用盔甲隐藏着真实面貌。

对于沙迪娜来说，亚人形态就是有别于常态的伪装了吧。

真想问问她那是什么样的感觉。

以后有时间再问吧。

“那现在怎么办呢？”

又回到了关键问题上。

如果沙迪娜不是我们的敌人，那就可以通过协商直接结束这场战斗了。

“我们赌了一大笔钱呢，你就故意输给我们好了。”

“话也不能这么说啊，姐姐也是有经济需求的，有花钱的地方啊。”

“买酒吗？”

“不是不是。我一直在买村子里的孩子们啊，所以得配合商人们的需求。”

我总结了一下沙迪娜的意思。原来鲁洛洛那村的奴隶之所以涨价，与沙迪娜也脱不了关系。

沙迪娜好像已经买下了好几名村里的人，并把他们安全地保护在哲尔拓普鲁的某个地方了。

为了快点找到鲁洛洛那村出身的奴隶，最初那个给出悬赏金的人，好像就是受沙迪娜委托的黑市商人。

然而，正是这笔悬赏变成了导火索，让鲁洛洛那村的奴隶

越来越贵。

这样一来，沙迪娜本人为了有足够的钱购买这些涨价的奴隶，又委托了别的黑市武器商人，开始参加黑市角斗场的比赛，并按照他们的要求完成其他委托。

一开始就在梅尔罗麦克找他们，直接买回来不好吗?

虽然我想这样吐槽，但是在我摧毁三勇教之前，亚人在梅尔罗麦克地位低下，这个方法应该行不通，所以直接从容易赚钱的哲尔拓普鲁下单，这样才更快。

沙迪娜参加这次大赛，基本上就是工作性质，现在看来，她输掉这场比赛，战胜她进入决赛的对手必将成为黑马赢个满堂彩了。

她为了买奴隶好像还欠了债。

事实上，这家伙保护的那些村民，根本已经成为黑市商人操纵她的人质了吧!

“……到底怎么办好呢?如果露出破绽，不但姐姐会被悬赏，村里的人也会被卖掉吧。”

“你欠了多少？”

沙迪娜把债款的总额告诉了我。

唔……也太多了。不过，我们获胜后的盈利估计正好够帮她还债。

只要能说服对方，等我们拿到了钱，事情说不定就能顺利解决。

沙迪娜好像理解了我的意思，她远远退开，点了点头。

很好，那么接下来就是专心演戏了。

“连锁盾！”

锁链延伸，散落四处的盾牌在连锁盾带动下开始不断旋转。

盾牌迅速把沙迪娜捆住，看上去就像使她出现了破绽。

如果现在沙迪娜认真应对，其实可以破坏这些盾牌，或者直接躲开不被抓住吧。

“信乐！莺声！用必杀技！”

我尽可能用最大的声音喊道。

拉芙塔莉雅和菲洛应该也理解了我的意图吧，先点了点头，马上开始集中力量。

沙迪娜则是假装试图挣脱束缚却无能为力的样子。

嘎啦嘎啦的声音不断传来。

“哈哈哈，这些锁链是特制的。除非我同意，没有人能挣脱。”

我一边特意在旁边加设定，一边给拉芙塔莉雅她们争取蓄力的时间。

观众席上的气氛也达到了白热化的程度。

继续这样下去，可以把观众的情绪调动到最高点。

沙迪娜憋不住笑了。

不要笑！暴露了怎么办？

“你以为这种东西就能困住姐姐吗，别犯傻了！”

“呵呵呵，你就尽全力挣扎吧！”

在我们不断随兴插入对话的过程中，拉芙塔莉雅的魔法终于准备好了。

与此同时，沙迪娜也用蛮力扯断了束缚她的锁链。

我配合她的动作高声喊道：

“什么！”

如果不是演戏，现实中我真的遇到这种情况，多半只会不悦地砸嘴吧。

我自己也觉得这戏演得实在不怎么样。

但是，观众好像看得津津有味，还给出了巨大的欢呼。

“但是已经迟了。上吧！”

“是！”

“嗯！”

菲洛发动了巨型龙卷风。

她真的理解什么叫假装吗？

虽然我有点担心，但是菲洛放出的龙卷风根本无法与以前的招式相比，只是徒有其表而已。

但是一眼看上去，完全就是之前那些魔法的超级强化版本。

拉芙塔莉雅也配合菲洛的魔法，使出了不存在的技能。

“幻影刀！”

随后，她身边显现出大量的刀，并开始配合龙卷风旋转。

这些攻击全都向着沙迪娜的方向而去。

刀锋像被沙迪娜吸引一样，全部插在她身上。

“呃啊啊啊……”

她的演技也挺厉害。

她现在表演的是锁链的束缚解除后，却被后续攻击命中的桥段，还发出了很痛苦的声音。

甚至连我都在怀疑，她是不是真的很疼，但是我相信，拉芙塔莉雅不会伤害她的同胞。

就这样，龙卷风和刀的攻击持续了数十秒才停止。

“……”

沙迪娜一脸呆滞地站在原地，最后终于向后仰倒，咚的一声摔在了地上。

这个场面大概与观众的预期不符吧，现场一时间被沉默充斥。

“……我打不赢了。我认输。”

沙迪娜假装已经用尽了所有的技能，体力也达到了极限，认输了。

第十八话 表演赛

停顿了一拍之后，欢呼声才响起。

“赢了。”

虽然后半场基本都是在演戏，但是我们还有很多后续的事情要处理。

首先必须去找雇佣了沙迪娜的商人进行交涉。

不然的话，可能我们还没拿到奖金，拉芙塔莉雅的同乡就已经被卖掉以偿还债务了。

不管怎么说，下一场已经无关紧要了。

我根本不愿意去想，有没有可能再遇到这种水平的对手。

“哎呀……姐姐也吃了一惊呢。”

沙迪娜假装给我们喝彩。

反正比赛运行本来就有黑幕，出现这种程度的冷门结果，也算是可以接受吧。

虽然我这么想，但是比赛的运营方好像有不同看法。

有人给主持人递上了什么东西，主持人照着读了出来：

“呃……大赛运营方感受到了在场观众的兴奋之情。为了让大家有更愉悦的体验，想在这里请大家做出选择。”

主持人说这段话的时候，也露出了惊讶的表情。

就算他已经猜到了主办方的意图，也没有理由反对吧。

观众们开始交头接耳。

之所以没直接说我们违规，比赛作废，也是因为这是一场没有规则的黑市角斗吧。

所以，现在要用追加娱乐项目的形式，发起某种行动吗？

因为我们背后还有奴隶商人和首饰商人，对方要暗中动手脚恐怕也是不太可能的，所以就想当场处理吧。

“接下来由本次大会的主办人直接询问大家的意见。”

主持人说完这句话，几个身材偏胖的商人就出现在角斗场上方的贵宾席上。他们中的代表还举起双手，好像在等待观众给他欢呼。

“各位观众，在这里，我们大会的几个主办人，想给大家提供更多娱乐，所以才走到了台前。”

为了让观众们都能听清，他说得很慢，声音也很大。

比赛都结束了，他还想干什么？

不过，我对这个现场气氛并不陌生。

我可以感觉得到，这里马上就要发生对我们非常不利的事情了。

说起来，一想到最终的胜利者很可能一开始就决定好了，我还是意难平。

与此同时，对方还总想对我们做一些小动作，这和三勇教的行为如出一辙。

在贵宾席的后方，还挂着一道帘子，像屏风一样隔开了两个空间。

“提议的内容就是，接下来，要不要让已经获胜的这两组斗士，再参加一场表演赛呢？”

“什么？”

我发出声音表示反对。

拉芙塔莉雅和菲洛，包括沙迪娜在内，都吃惊得无言以对。

“哎呀……”

可恶！只是因为我们这场比赛的结果出乎意料，他们就要

用这种娱乐形式来给我们添麻烦吗？

与我们不配合的态度相反，观众们则是积极鼓掌表示赞成。

糟了，如果我们现在拒绝，可能就要判定我们不战而败了。

“比赛对手就是——”

商人打了个响指，三个人影从角斗台的参赛人员入口走了出来。

嗯？他们应该是……想要正常地走过来吧？

但是，怎么说呢，看上去就像一个小丑带着两个戴面具的人偶。人偶是等身大小的，和穿着衣服的人体模型没什么区别。

对方戴着面具，也看不出是什么样的人。

“……小洛克，这可有点危险了。”

“怎么了？”

“那个孩子，最近不断在各种大赛中兴风作浪，是很有人气的选手呢，很厉害哦。我本来还以为她没参加这次大赛呢……”

居然把这样的人都弄来了？是被收买了吗？我记得莉西亚好像说过要小心什么的。

不过话说回来，既然这么厉害的沙迪娜也在，我们还是能赢的吧？

“没错！就是杀人——小丑——！”

这个外号可真让人不适。

当然了，这大概也是盾牌自动把名词翻译成了我能理解的词语吧。

观众席响起了热烈的掌声。

“今天的表演赛，由洛克瓦雷小队及娜迪亚对战杀人小丑！大家是否同意，我们马上做个问卷调查。问卷调查时间总计三分钟！比赛开始前十分钟为下注时间！大家要怎么选择呢？”

观众们开始交头接耳，不时看着我们，那些眼光充满了好

奇，带着某种渴望。

……原来如此，看来无论问卷调查的结果如何，我们最好都不要反抗。

“除此之外！各位在洛克瓦雷小队对战娜迪亚这一战中下的赌注，将在现场即时返还！各位，不如就把凑起来的这一大笔钱一次性赌过瘾吧！大家是赞成还是反对呢？请赞成的人举手！”

商人的话音刚落，会场里就有超过半数的观众举了手。

可恶，节奏完全被他带走了。

“居然还可以这么乱来的吗！”

“小洛克，你仔细看看商人身后的字……”

“什么？写了什么东西吗？”

在商人的身后，用很多种文字写着一些内容，我花了不少时间才找到我能看懂的梅尔罗麦克的文字。

“上面写的是：在特例情况下，如果杀人小丑获胜，将按照赛前的赔率延续娜迪亚身上的赌金。对于赌我赢的人来说，这样没什么损失，也会愿意支持吧。至于小洛克，开赛前有人赌你赢吗？”

沙迪娜对我说道。

呃……我为了最后能一举赚一笔巨款，前面都是走的低调路线。

大概除了我们自己、奴隶商人和首饰商人之外，就没人赌我赢吧。

“等一下！这是什么情况？就算这里是黑市角斗场，也不能随便就订立这种奇怪的规则吧？”

“但是现场投票了，赞成的人多啊。”

运营方这样，观众也这样，随随便便就勉强别人！

不过，其实我从商人的思路来考虑，也不是不能理解对方的做法。

沙迪娜本来应该是运营方的一手棋子，没想到居然输给了莫名其妙的人。他们无论如何都想把这个漏洞填补起来。

但是，想直接用特权干涉对方又有困难。

这种情况下，取得观众的支持，强迫对方再进行一场比赛，可能就是解决问题的唯一途径了。

只不过，他们想再多动手脚也是不可能的。

主持人只是冷眼旁观，并没有做其他对我们不利的指示。

举动太牵强的话，观众也会察觉到异样。

现在已经有人因为这突如其来的现场投票感到疑惑了。

他们的手段还是太强硬了。

再勉强做别的动作，更要露出马脚。

也就是说，只要赢了这一场，就等于我们赢得了整场大赛。

“很好！趁现在用恢复魔法吧。”

在比赛开始之前，应该尽可能利用这段时间恢复体力，处理伤口。

我准备给拉芙塔莉雅和菲洛用恢复魔法。

“中级·治愈。”

然而……

怎么回事？就像之前使用魔法被沙迪娜妨碍时一样，恢复魔法好像没发动就结束了。

“小洛克，有些很重要的话，你要听吗？”

“是什么？”

“现在角斗台里面，我们使用的魔法已经被运营方完全屏蔽了。”

“也就是说，之前我要用支援魔法的时候，妨碍我的也不

是你咯？”

“那倒不是，那个时候确实是我做的。但是现在不一样了。已经有好几十个魔法师完全封闭了这个空间，角斗台内到处都在妨碍魔法的覆盖之下了。”

他们也妨碍得太彻底了……没办法了，既然不能用魔法，就拿出预备的伤药涂一涂吧。

距离比赛开始还有两分钟。

在开始之前，我们也只能尽人事。

反正沙迪娜这么厉害，我们联手一定可以轻松取胜。

“还有哦，小洛克。”

“还有什么？”

“估计刚才打到一半的时候你应该已经意识到了，其实运营方在不被察觉的情况下，一直在持续对你们使用虚弱化的魔法，同时，也给姐姐用了强化的魔法。”

“你说什么？”

“也就是说，姐姐现在已经站在了运营方的对立面，你可别以为姐姐还能像刚才那样厉害哦。”

可恶！再怎么祸不单行也得有个底线吧！

我们治疗的效果受到干扰，伤势也只能勉强处理。之前用在沙迪娜身上的强化魔法现在也变成了虚弱魔法。

我在这里大声抗议会有效果吗？

十有八九会被当成是胡搅蛮缠，没有人会搭理我吧。

毕竟这是个黑市角斗场。

我本来是想来这里大赚一笔的，现在已经后悔被赔率蒙蔽了双眼来参加这次的比赛了。

对手又会被魔法强化。

这三分钟的问卷调查，完全可以看成是给对方施加强化魔

法所需要的时间。

我们甚至感觉到，身体比刚才那场比赛更沉重了。

“小洛克你们也挺厉害的嘛，刚才战斗的时候，姐姐也很吃惊哦。”

“还行吧。”

毕竟我是与浪潮对抗的四圣勇者，原本就有普通人无法比拟的强大力量。

可恶……如果不是因为诅咒状态弱化，就算对方对我们用了虚弱化的魔法，也不会有什么影响！

等一下，我在绊的世界里拿到过能应付这种情况的盾。

我记得是用了白虎材料的盾，那面盾牌上应该有支援无效的专用效果。

白虎和灵龟一样，都是守护兽类别，应该可以使用的。

如果让我们虚弱也算是支援魔法的话，说不定有用。

我一边想，一边试图改变盾牌形态，手上的动作却突然一顿。好像当时因为强化材料不够，那个形态还没有完成。我当时只是随便强化了一下试了试效果。

啊，这太微妙了。因为强化没有完成，与完全强化的魔龙盾相比，白虎盾的效果差了许多。

这样一来，就算把抵抗虚弱的加成也考虑进去，好像还是不如魔龙盾……

“拉……信乐？”

“怎么了？”

“用白虎材料做的武器好像有抵抗虚弱的效果。”

拉芙塔莉雅也看了一下自己的系统状态。

“我目前还达不到用这把刀的条件，也没找到支援无效的效果。”

没办法了，只能继续使用之前的武器。

“总之。”

沙迪娜看着观众和运营方，一边轻松地挥舞着鱼叉，一边对我眨了眨眼睛。

“只能打了。”

“是啊。”

“没错。我们要跨越这个难关，救回村里的人！”

“不会输的！”

拉芙塔莉雅和菲洛也表示同意。

几乎就在同一时刻，问卷调查的结果出来了，决定进行表演赛。

此时我们已经不能用魔法了，身上还被施加了强大的虚弱魔法，敌人则有强化魔法的加成。

想在这种条件下获胜，也太强人所难了。

虽然我也能理解，但是也希望对方做人留一线。

等这件事情过后，干脆找奴隶商人和首饰商人把他们搞垮算了。

能不能做得到呢？只要我运用勇者的特权，还是可以的吧。

无论如何，我现在要集中精力打赢眼前的比赛。

如果这场输了，再去找对方的茬，那姿态可就太难看了。

我注意到，在问卷调查的结果出来之前，那几个商人转身离开了。

一定要快点结束比赛，他们一定不会做什么好事。

“那么——比赛——现在开始——”

铜锣的声音响彻赛场，我们和杀人小丑的战斗随之开始。

她是个木偶师吗？总之现在最重要的，就是尽快解决她。

前方的两个木偶发出咔哒咔哒的声音，快速向我们冲过来，

场面太诡异了。

“上吧！目标是后面的本体！”

“好！”

“来了！”

因为我们现在不能使用魔法，沙迪娜根本就没有吟唱，直接用兽人形态跟在拉芙塔莉雅她们身后冲了上去。

虽然速度很快，但是动作还有点笨重。

感觉比起拉芙塔莉雅和菲洛，沙迪娜还是略慢一步。

我看着冲在前面的拉芙塔莉雅她们，通过对比判断之前沙迪娜身上的强化魔法有着什么样的效果。

不过，我现在的工作是控制住这两只跑在前面的木偶。

“喝！”

我冲到最前面，挡住了两只木偶手上的剑和斧头。

冲击直达我的身体，不过还没有突破我的防御。

“……”

“……”

这两个家伙一动起来就咔哒咔哒响，让人感觉真难受。

杀人小丑大概是用手上的线球控制木偶的。

“虽然我们无仇无怨，但是我想尽快结束这场莫名其妙的战斗，你就多担待吧。”

“要赢！”

“还得帮姐姐善后，你也很辛苦吧。但是姐姐也有姐姐的苦衷，你就忍一忍吧。”

在我给出指令之前，拉芙塔莉雅、菲洛和沙迪娜就挥舞着各自的武器开始攻击了。

虽然对方好像很强，但应该还是比不过我们吧。

无论遇到什么样的阻碍，我们都会跨越过去！

我们是不可能输的！

“……蜘蛛网。”

“什么——”

“咦？”

“哎呀？”

拉芙塔莉雅她们的武器本来是要攻击杀人小丑的，却不自然地停在她面前。

发生了什么事？

“有……有丝线缠在武器上？”

“扯……扯不掉。”

“这下麻烦了。”

凭空出现的丝线缠住了拉芙塔莉雅她们的武器。

然后那些丝线就像有生命一样，又在拉芙塔莉雅她们身上缠了几层。

束缚攻击？居然还有这种像蜘蛛一样的攻击方式吗？

我能想到的可能性，就是对方大概是具有虫子技能的兽人，或者是像菲洛一样可以化成人形，本性还是魔物的家伙。

杀人小丑把线团举到面前。

“束缚线。”

伴随着丝线收紧的声音，被我抓住的木偶也对准我弹射出了丝线。

“可恶！放开我！”

我用力去扯缠上我的丝线，但是丝线的柔韧性特别好，完全扯不断！

我不能攻击，这一点是无法改变的，但是切断丝线这种事我应该做得到，结果这东西却柔软得异乎寻常。

到底是什么？

“唔！这东西！”

“呀！”

“小拉……小信乐，小莺声！放开武器！”

菲洛和沙迪娜倒是很轻松地放开了自己的武器，但是拉芙塔莉雅的手却无法从眷属器上松开。

“小信乐！”

“我明白！但是……喝！瞬刀·霞一文字！”

拉芙塔莉雅勉强使用技能想要切断那些丝线，却只磨出了一串火花。

不是吧？居然连拉芙塔莉雅的技能都切不断，这是什么材料做的啊？

还有一种可能性，就是双方能力的差距过大，所以我们才切不断。

如果真的是这样，干脆就自暴自弃用暴怒之盾把一切都烧光算了。

我用上了蛮力，在丝线的束缚下举起了手中的盾。

受到妨碍无法变化。

我的视野中浮现出一行文字。

什么？

“别想得逞。”

又有好几条丝线缠上了盾牌，我都快要看不出来这是盾牌还是一团丝线了。

“变换封印线。”

“唔……这到底……”

这个技能听上去就很厉害，但是不管怎么说，眼前这个情况也过于诡异了吧？

除非对方是勇者，不然我无法想象什么人能做出这么强有力的攻击。

“烈焰麻痹线。”

我身边的丝线开始起火，火势向着我蔓延。

可恶！虽然不烫，但是对方想要打倒我这个“司令塔”的目的昭然若揭。

“尚……洛克大人！”

“快把刀取消！就以那一把为主！”

“我……我知道了！”

要趁着还能动尽快拉开距离！

话说回来，现在怎么办？

嗯，用流星盾能把她弹开吗？

“流星——”

“技能封印。”

丝线缠上我的脖子，倒是完全不难受。

只不过……

“什……什么？”

虽然我想吟唱技能，却发现技能的名字说不出来！

“这……这是怎么回事？”

再怎么说这也太奇怪了！

这个杀人小丑，就算能用妨碍技能之类的魔法，也不合常理！我本身就有抵抗异常状态的能力，她却能让我陷入异常状态，很大可能是设置型的攻击方式。

虽然不同的游戏里设定也会有区别，但是这类攻击与被攻击者的耐性高低无关，都可以达到异常状态的效果。

我无法判断对方的攻击是否有相关属性，但我确实中招了。

“喝！”

菲洛从丝线里挣脱出来，空着手去攻击杀人小丑。

也许对方看菲洛没有用武器就没把她放在心上，也许是想集中精力攻击我和拉芙塔莉雅，杀人小丑只是布置了几条丝线，没有特意去防御菲洛的攻击。

“呀！”

砰的一声响，菲洛变身成菲洛鸟形态，高高起跳跨过那几条丝线，直接飞起就是一脚。

杀人小丑好像很吃惊地转头去看菲洛，一瞬间就甩出了好几条丝线。

“还没完呢！”

菲洛鸟形态的菲洛身形巨大，杀人小丑可能有些大意了，丝线的密度并不高。

虽然菲洛也受到了妨碍魔法的影响，但是她直接使用了菲托利亚亲传的加速技巧，冲过那几道丝线，在能攻击的一瞬间以菲洛鸟形态施展了踢腿攻击。

“呃！”

杀人小丑被菲洛击中，高高飞起。

但是，那些丝线就像要躲避攻击一样扩散开，包裹住杀人小丑，一瞬间化作一颗茧，又在一瞬间重新打开，杀人小丑仿若无事般回到了地面。

解开的丝线缠绕在一起，变成丝茧掉在了角斗台的角落。

“还没完呢！”

拉芙塔莉雅又挥刀补上了一击。

“灵刀·断魂！”

“……没用。”

“是吗？”

拉芙塔莉雅的刀穿过丝线砍到了杀人小丑的身上。

“咦？”

杀人小丑身上传来咔嚓咔嚓的声音，仿佛沙暴过境。

这是什么声音？

……无论如何也只能打了再说。

在拉芙塔莉雅的刀的形态中，有一种是没有物理性实体的，可以砍中幽灵之类的对手。

“那么，接下来就是这个了。”

“精神线。”

这次出现的丝线，大概是要抵御拉芙塔莉雅的攻击。

拉芙塔莉雅的刀刚穿过其他丝线，却被新出现的丝线缠住了。

“还没完呢——”

菲洛也追上去想再踢几脚，丝线已经在场地上蔓延开……不对！

原本应该在我附近的木偶，不知道什么时候已经跑到菲洛的面前去了。

可恶！我还不能自由行动！

“接下来，轮到……了，针枪！”

这次从线球里出来的是针？上面还穿着丝线。

我们是在和裁缝战斗吗？

“小洛克！你还好吗？”

沙迪娜跑到我身边问道。

她现在没有武器，又不能用魔法，是不能战斗了吗？

话说回来，场面一边倒的时候，被压制的一方可以通过花钱的方式给赛场内提供武器吧？

我想到这里，环顾四周，才发现扔进来的武器都被丝线阻隔了。

场上布满了蛛丝，武器根本到不了我们手里。

至于有没有魔法援助，光是这么观察我也看不出来，就当被运营方屏蔽了吧。

可恶……继续这样下去，拉芙塔莉雅她们会被打败的。

我自己也被丝线牵引着。

丝线紧紧缠住我的四肢，还想强迫我走动。

看这个移动的方向，杀人小丑大概是想用我做肉盾，抵挡拉芙塔莉雅的攻击。

我本来以为沙迪娜已经是数一数二的强者了，看来真是一山还有一山高啊。

不过，按照我自己的感觉来判断，如果没有虚弱化的影响，并且能使用魔法的话，对付这个敌人应该不难。

“姐姐！嗯……嗯……”

菲洛变回了人形，向后退了好几步，喉咙里发出几声喊叫。

然后，她突然就开始唱歌了。

“都这个时候了，还唱什么歌啊！”

听我这么说，菲洛转头看着我，做了几个手势，比画出一个人的模样。

从她比画的发型和手持武器的姿势来看，她要说的是绊？

那她唱的歌，是在绊的世界学会的招式吗？

我知道，她在莺声信使状态下是有这个能力的，没想到回到这个世界后居然还能用。

这么说，她之前好像也提到过，唱了摇篮曲什么的。

菲洛周围的丝线好像受到冲击，最后终于冒出火苗，残存的丝线也缩回到杀人小丑手中的线球中。

看来，这些丝线真的对魔法攻击比较敏感。

“烈焰高歌！”

菲洛只是唱着歌，曲调在她四周回荡。

大概唱歌本身不算魔法吧，所以没有受到妨碍。

接着，菲洛深深吸了一口气，变成菲洛鸟形态，把翅膀圈成扩音器的形状，高声吼道：

“音波冲击！”

伴随着咚的一声巨响，我看见某种冲击波一样的东西从菲洛嘴里飞出，向着杀人小丑飞去。

她居然还有这种夸张的隐藏技能，就连和京战斗时都没用过！不过，也许在正常状态下，这类攻击没有普通的魔法攻击有效吧。

“莺声！谢谢你！”

拉芙塔莉雅手上的另一把刀时而出现时而消失，她像个舞者一样潜伏在周围，伺机攻击杀人小丑。

距离越来越近了，只是不知道她能持续多久。

虚弱化魔法带来的重压，已经快到肉眼可见的程度了。

拉芙塔莉雅和菲洛的动作也随之越来越艰难。

“小洛克。”

沙迪娜原本和菲洛一样被束缚着，此时通过变身脱离了束缚，来到了我的身旁。

她把手伸向正在被丝线上的火焚烧的我。

“什么事？”

“我忘记说了，这个情况下，其实还有办法用魔法。”

“什么？应该怎么做？”

“你没学过魔法吗？”

她这么一说，我倒是想起了自己在跑生意途中学魔法的情景。妨碍是只能对单一对手使用的，魔法可以几个人一起进行。

也就是说，如果几个人一起吟唱魔法，对方就无法妨碍了？

原来如此，只要几个人一起吟唱合唱魔法，也许就能成功。

我想起了菲洛曾经用过几次的那个魔法。

沙迪娜在我耳边解释道：

“所以，小洛克就和我一起用合唱魔法吧。”

“但是，我们吟唱的时候一定会被发现，对方会来捣乱的。”

“这个你就相信姐姐一回吧，不会失败的。”

沙迪娜对我挤了挤眼睛，把意识集中在魔法吟唱上。

“小洛克你也集中精力，姐姐来协助你。我们接下来要用的是支援魔法。”

没办法了，我开始集中注意力。

我感觉到沙迪娜身上有种魔力涌了过来，是什么呢？

这种力量的流传，有点像之前和奥丝特一起吟唱魔法的感觉，但是又有点不一样。

我闭上眼睛，视野中出现了一个方块一样的东西。

这东西的旁边，还有一个成型的雕像？不对，那是一块拼图。这是什么情况？

“你是第一次用合唱魔法吗？总之，要凝聚魔力让它变成应该显现的形状。”

可恶……又让我做这种麻烦的事情。

“为支持他们，合二人之力，扭转败北的命运，引导胜利的未来……”

我能感觉到，沙迪娜迅速把那片拼图完成，并变化成了魔法的语言。

“好啦，小洛克的部分也交给姐姐吧，让姐姐来帮你。”

她一边说，一边把本应由我来负责的那块拼图也完成了。大概因为这部分属于我的职责范围，她的效率非常低。

不过……应该怎么说呢？

沙迪娜这家伙，居然能做到和奥丝特差不多的事情……

就在我意识到这股力量的瞬间，眼前浮现出了奥丝特曾经让我看过的拼图碎片。

“摒弃杂念，再不快点的话小拉芙塔莉雅要危险了！”

虽然菲洛和拉芙塔莉雅都很骁勇善战，但被打败也只是时间的问题。

我看得出来，杀人小丑正在用丝线控制那些场外扔进来的武器，并准备用来攻击了。

我只能集中注意力完成现在的魔法，然后再想办法强行突破眼前的困境了。

“龙脉呀，请聆听我们的愿望吧。力量之源听我等祈愿，世间真理在此解读，赋予我们跨越眼前困境的力量吧！”

沙迪娜完成了合唱魔法，高举右手指向天空，那里立刻有乌云聚集。

接着就响起了轰隆隆的雷声。

“哎呀，居然完成了这样的魔法呢。‘雷神降临’！”

我口中自然而然叫出了魔法的名字，目标图标也在我的视野中浮现。

“小洛克，你知道应该把这个魔法用在谁的身上吧？”

“……是啊。”

我毫不犹豫，直接选中了拉芙塔莉雅。

沙迪娜也和我一样，指向了拉芙塔莉雅。

雷云移动到拉芙塔莉雅的上空，落下。

“呀——”

拉芙塔莉雅吓得喊了出来。

“……就是现在。”

杀人小丑甩出丝线，准备趁这个时机进攻。

然而，杀人小丑甩出去的丝线却没有缠住拉芙塔莉雅，而是被弹开了。

如果只是这样还不算什么。

“唔？”

杀人小丑还触电了，她的身体向后一晃。

“这……这是……”

拉芙塔莉雅露出吃惊的表情。

其实我也很惊讶。

拉芙塔莉雅现在全身都被电流包裹住了。

“能力一下子大幅提升？”

“小拉……小信乐！这是我们合作的合唱魔法，你要好好发挥呀！”

“好……好的！”

“不会输的。”

杀人小丑不服输地再次扔出带着线的针，结果这些攻击全被拉芙塔莉雅弹开了，她还用与刚才截然不同的高速冲到了杀人小丑的面前。

“看我拦住你！”

杀人小丑的线球里放出了蜘蛛巢穴，想要拉开双方的距离。

“没有用的！刚刀·霞十字！”

拉芙塔莉雅此时手持双刀，瞄准杀人小丑使用了技能。

十字的痕迹越来越靠近杀人小丑和她的蜘蛛丝，先是切断了丝线，紧接着杀人小丑也被拉芙塔莉雅的刀砍中了。

“啊啊啊啊——”

拉芙塔莉雅身上的电流又补上一击，将杀人小丑打飞了。

杀人小丑不甘认输地调整了姿势。

“菲洛也不会输的！”

这个时候，菲洛深深吸了一口气，再次使用了音波冲击。

“唔唔唔……”

虽然攻击本身威力并不太高，但是释放的冲击波已经足够让对方受伤了。

“最后一击！合成技·雷帝刀！”

拉芙塔莉雅高高举起手上那把刀，重重挥落。

一道蓝白色的雷电隐约在拉芙塔莉雅的刀身浮动，闪闪发光，接着，一道闪电对准杀人小丑劈下。

“轰——”

与此同时，一道剧烈的冲击波使整个角斗场都开始摇晃，在地面上形成了一个环形山，就像仪式魔法“裁决”的效果一样。

在环形山的中心，只有拉芙塔莉雅屹立不倒。

我们赢了吗？

杀人小丑明明应该倒下了，丝线却还是紧紧缠在我身上。

拉芙塔莉雅甩了甩刀上的血迹，去查看杀人小丑是不是还能战斗。

“咦？”

拉芙塔莉雅疑惑地看了看自己的刀，又用刀鞘把地上的杀人小丑翻了个身。

“这是……”

拉芙塔莉雅用刀鞘轻轻地敲了敲杀人小丑的身体，传来的回声就像在敲打木头……什么？

杀人小丑一直拿着的那团线球缓缓地在地上滚动。

没错，线球的目标正是角斗台的一角，被丝线缠绕的武器已经在那里堆成了一座小山。

我有非常不祥的预感。

“傀儡娃娃。”

那个缠绕着武器的茧被破开，有东西从里面飞出来。

“据推测，强化……”

出现在我们面前的，是另一个杀人小丑。

拉芙塔莉雅对着她举起了刀。

“这种程度还……根本上的强度不足。”

“什么？”

声音太小听不清！

“如果，没有能让任何人都……的水平，会被其他的……摧毁。如果连我都打不赢的话。”

从刚才开始，我就听不懂她在说什么。

“……已经完成了与收取金额等价的战斗。其实战斗……等……沙沙……”

我好像听到了沙暴的声音，是我的错觉吗？

从刚才开始，这家伙说话的时候都伴随着杂音。

“努力别被杀死吧。”

这句话倒是听得很清楚。说完这句话之后，杀人小丑对我挥挥手，随着一缕青烟一起消失不见了。

她是忍者吗？这个消失的方式很有忍者风范。

与此同时，遍布场地的丝线也消失不见了，与菲洛对打的木偶也不见踪影。

“那……那家伙是什么人啊？”

不仅身份成谜，听她说那些话的意思，就好像是专门来测试我们的一样，而且又突然从我们面前消失了。

“杀人小丑消失了！胜利者是洛克瓦雷小队和娜迪亚——”

一开始只有零零散散的掌声，紧接着，欢呼声和喝彩声响

御场内。

这些家伙，谁赢都无所谓吗？

“太好了，小洛克。”

“我们赢了！”

“菲洛胜利了！”

“你不是莺声吗？”

听我提醒，菲洛才恍然大悟地啊了一声。

真是的……都说过了，不要刚说完的事情就忘在脑后嘛！

“但是……这是怎么回事啊？杀人小丑那家伙，我连她是什么时候替换分身的都不知道。”

“就是那个茧成型的时候吧。我当时就觉得有点奇怪了。”

“但是她也太会隐藏自己了吧？这是魔法吗？”

我觉得沙迪娜和菲洛的猜测也没有错。

她明明还可以继续战斗，但看上去就好像是达成目的之后主动离开的。

而且她一直在强调，我们的力量还不够。

她到底是敌是友……不，她不可能是朋友。

虽然没有根据，但她那种诡异的气质和我们第一次遇到葛拉丝时如出一辙。

至于她用的是什么武器，就等下次见面再研究吧。

现在最应该解决的，是拉芙塔莉雅的同乡们面临的问题。

我们一边挥着手宣告自己的胜利，一边快步向选手休息室走去。

第十九话 黑暗权力

领取出场费的手续就交给奴隶商人的手下去办了，我们跟着沙迪娜，沿着哲尔拓普鲁的商业街向前跑。

今天沙迪娜没能按照那些恶劣商人的要求完成比赛。

我只要站在商人的角度考虑，就可以猜到他们会怎么做。

他们手上的人质，是真正出身于鲁洛洛那村的奴隶，当然要趁着价格虚高拿去卖掉以补偿经济损失。

当然，很可能这个才是他们真正的目的。

万一让他们得手，我可接受不了，所以我们现在才这么急匆匆地赶过去。

“他们用的虚弱化魔法，效果还真厉害啊。”

“是啊。”

我们一离开角斗台的范围，身体就忽然轻松了，甚至因为太轻松，刚出来的时候还差点摔倒了。

“小洛克，这边。”

我们向着沙迪娜所指的方向跑，最后来到了一栋哲尔拓普鲁风格的建筑前方，一群吵吵嚷嚷的人正在附近望风。

商人准备的这栋石造房屋和绊的家有些相似。

现在屋前已经停了几辆护送用的马车。

看起来我的猜测没错了。

我还仿佛听到房子里传出了东翻西找的声音。

“现在这栋建筑被用来抵债了，无关人等不要靠近！”

房子门口还有貌似雇佣兵的人守着。

“很遗憾，我们不是无关人等。”

沙迪娜吟唱魔法，雇佣兵们终于意识到我们是什么人了。

“看起来这就是他们说过会来的那群人了。”

“不好意思了，你们也不能进去。老实点束手就擒吧！忤逆那位大人会受到惩罚的！”

不知道从哪里冒出来一大群雇佣兵，再加上其他乱七八糟的人，恐怕得有四十多人从四周围上来攻击我们，其中还细心地搭配了魔法师。

想用数量战胜我们，想得太简单了。

你们这些人，行动的时候看清自己的对手了吗?

就算想对我们用虚弱化的魔法，这里也不是角斗台。

在这种没有事先动过手脚的地方，对付这些鱼龙混杂的敌人，拉芙塔莉雅和菲洛是不可能会输的。

“来咯！嘿咻嘿咻！”

“呜哇啊啊啊啊啊！”

菲洛变成了菲洛鸟形态，把流星锤绑在了脚上，甩着武器攻击那些雇佣兵。

“别挡路！”

“唔啊！”

拉芙塔莉雅再用刀把他们击倒。

“太遗憾了！高级·连锁闪电！”

沙迪娜的连锁雷系魔法让雇佣兵们全部触电了。

想用魔法阻止我们，看来对方的人手还是有点不够。

紧接着，沙迪娜用鱼叉戳中一个雇佣兵，像打保龄球一样，用他撞到了好多其他的雇佣兵。

一番打斗后，建筑物外面陷入一片沉寂。

“哼。在这种狭窄的地方，有多少人都没用。”

虽然更远一些的地方也有弓兵负责狙击，但是射出的箭矢都被我的流星盾阻挡，到不了我们身边。

“沙迪娜，村里的人身上有奴隶纹吗？不会还是商人的奴隶吧？”

“没问题的。姐姐已经付钱解除奴隶纹了，也提前告诉过他们，有情况就赶快逃走。”

“那他们是不是已经逃出这栋房子了？”

听我这么问，沙迪娜转头看向建筑物的方向。

“嗯？”

菲洛歪了歪头。

“这个姐姐好像发出了什么声音。”

“哎呀，居然被你发现了？我是想查看一下房子里还有多少人。”

是超声波吗？

我听说过，海豚和虎鲸之类的生物，在水里可以用超声波打探周遭的情况。

因为她是兽人，所以也有那样的能力吧？真方便啊。

“……没问题了，看起来他们还没来得及逃跑，都被围困在一个地方了。”

“这算是没问题吗……我们现在也只能冲进去了！拉芙塔莉雅！”

“是！”

为了不让奴隶逃走，房门是从外侧上锁的，拉芙塔莉雅一刀砍破大门冲了进去。

我也紧随其后，干掉了那些准备围捕村民的家伙。

“唔啊！”

在他们身后，我看到了刚才在角斗场里宣布要进行表演赛

的商人。

居然特意亲自跑到这个地方来……那不是正好吗？

“唔……娜迪亚！你居然不遵守合约！”

“这个我也没办法啊。毕竟对手就是这样啦，姐姐我也很努力了啊。而且这是我和小洛克一起商量好的。”

“那么接下来就该我出场了。刚才承蒙关照了。角斗场上的事情，既然是通过投票决定的，而且本来就是发生什么事情都不奇怪的黑市角斗场，所以我也不会多说什么。但是，现在这件事和刚才的事就是两回事了。”

“强词夺理！都是因为你们捣乱，我们的钱都没了！那边那个被奴隶纹拘束还满不在乎的女人，最重视的就是这些有利可图的奴隶了，因为她违反契约在先，我才没收这些奴隶的！”

他好像已经意识到自己处于劣势了。

这个道德败坏的商人恶狠狠地瞪着沙迪娜，不厌其烦地解释自己为什么要做这种事。

他刚才说什么？被奴隶纹拘束还满不在乎？

我看着沙迪娜，她指着自己的胸部说：

“姐姐的胸。”

“闭嘴！给我看看！”

我拿掉了她胸前的遮挡物，就看到刻在她胸口的奴隶纹正在闪闪发光。

“他们太小气，用了很便宜的奴隶纹。这种水平的东西，没什么大不了的。”

菲洛以前也曾经让奴隶纹失效过。

可能擅长魔法的奴隶就有办法能对抗吧。

“你每走一步都应该感到剧痛才对！为什么还能这么轻松！”

“那肯定是因为我能忍得住啊。”

咦？居然不是完全无效吗？

啊，这么一说，菲洛那个时候，无效的魔物纹确实没有进入发动状态。

但是沙迪娜的魔物纹是发动了的。

也就是说，虽然效果有所减轻，但并不是没有痛感的……她真的太厉害了。

“你们几个，别以为做出这样的事还能保住小命！我绝对不会让你们继续活下去！就算你们今天跑了，哲尔拓普鲁的黑市公会也会追杀你们到天涯海角！”

“武器的……那是不可能的。”

这个时候……我们身后又传来了另一个声音。

我回头一看，原来是首饰商人和奴隶商人。

还有莉西亚也跟着一起来了，虽然她看上去很害怕。小拉芙也在。

“真是为你们捏了一把汗啊。”

“拉芙。”

“确实是这样啊。从战斗方面来说，这一场仗可能比和京打的那一场还麻烦呢。”

沙迪娜让魔法失效，还能闪避技能，战斗技巧完全是怪物级别。

至于那个叫杀人小丑的家伙，我还有很多疑问……暂时先放在一边吧。

“你……你是……首饰的……”

“我觉得可能有这个必要，就过来了。”

道德败坏的商人看上去像是发自内心感到震惊，他睁大了眼睛，嘴巴一张一合的，伸手指着首饰商人。

“为什么你也在这里？不过，这些都无关紧要！哲尔拓普

鲁的黑市商人公会不会允许他们这种行为的！”

“不，很遗憾，这种小事不需要商人公会出手。看过刚才角斗场里的比赛后，我想你应该也意识到这一点了吧。”

他没有看完整场比赛，只因为发生了预料之外的事件，就先安排了一出不合常理的戏码，再亲自来没收奴隶。

“我们一族所有人一致认为，这次黑市场中发生的只是微不足道的小问题，我们不同意对洛克瓦雷小队进行处罚。”

“我管理的首饰公会也持反对态度。”

“为……为什么?!”

“就像你在背地里早就决定了让谁获胜一样，我们背地里也已经选定了获胜人选啊。”

“你说什么！”

“你不就是想通过大赛赚一笔，再趁着娜迪亚保护的这些人价格达到最高点，再强行拍卖赚一笔吗？你还要用某种手段处理掉娜迪亚吧。”

“就是这样吧。所以姐姐也用了不少力气，通过其他途径想办法解除了那些孩子的奴隶纹哦。”

真的是这样吗？我完全搞不懂这个女人的思路。

既然你都知道，就应该更认真一点啊！

“那么，我们商量一下吧。我可以称呼你为武器商人吗？明天的比赛我们会赢。那笔奖金几乎和娜迪亚的债款一样多。我们可以返还这笔钱，用于赎回娜迪亚。相对的，你和娜迪亚持有的这些鲁洛洛那奴隶，也应该转交给我。”

“痴心妄想！谁会轻易放弃这些值钱货！你们不知道这些奴隶现在值多少钱吗？”

我早知道他不会接受我的条件。

“而且首饰和奴隶怎么勾搭在一起了？”

啊……这么说，我好像还没介绍过我自己呢。

奴隶商人的关系网太庞大，首饰商人又爱恶作剧，想要通过他们两个推断出我的身份好像还是有点难度的。

“现在角斗场里面的人，恐怕多多少少已经猜到洛克瓦雷小队成员的身份了。虽然他们也难辨真假。”

“反正你听了估计也觉得我们是假冒的，不会相信，干脆就告诉你吧。”

我看着道德败坏商人，大拇指向自己一挑，高声宣布：

“我是四圣勇者——作为盾之勇者被召唤而来的岩谷尚文。为了把不断涨价的鲁洛洛那村奴隶买回来，才来参加你们这场比赛。”

“做这种事真的不光彩，所以我本来还想劝阻的。”

拉芙塔莉雅发出一声叹息。

“光彩？我才不管呢。现在哪还有挑三拣四的余地啊？必须尽快把涨价的鲁洛洛那村奴隶都买回来。”

“怎……怎么可能？”

道德败坏的商人完全是一副难以置信的模样。

怎么？我都自我介绍了，还不能证明身份吗？好麻烦啊。

“你觉得我骗人的话，需要证明给你看吗？看吧看吧，顺便再看看气波盾、第二盾、形态变换、盾狱。”

我让盾牌不停变化，同时也把技能展现给他看。

“就算这些效果可以用魔法完成，也不可能不需要吟唱，对吧？”

“为了让他相信，不如就拿出底牌吧。”

奴隶商人一边说，一边递给我一颗露可露的果实。

只要吃掉就行了吧？

我把那颗露可露的果实送到道德败坏的商人的鼻子下面，

让他闻了一下确定是真货，接着就一口吃掉了。

“哎呀……”

沙迪娜莫名其妙露出一脸沉迷的神情，还用双手捧着自己的脸颊。

“这样你还不愿意相信吗？”

“怎么可能——呃……”

道德败坏的商人一下子浑身脱力，坐在了地上。

盾之勇者可以吃下露可露果实还没事，这大概已经成为我身份的铁证了。

虽然这个信息只在梅尔罗麦克附近的一部分商人中流传，但眼前这个商人应该还是听过传闻的。

“就是这样了。你愿意放弃吧？另外，你给我记住，你强迫我参加表演赛的事情，我可还没有忘呢。”

“你……你想怎么样？”

“这个嘛……反正外面可能还有来自村子的生还者，你只要遇到真的，就要向我汇报。分期付款也行，怎么都行，我会付钱的。但是，你要快点戳破现在的价格泡沫，让价格回落到正常范围。”

十有八九就是这家伙利用了沙迪娜的需求，故意抬高了村子里奴隶的价格。

现在我们控制住了主犯，价格必然会回落。

也许价格不是那么好控制的，但是这里聚集了很多黑市商人，总会有办法的吧。

“比如说，你可以趁着这次的事情添油加醋，到处鼓吹，就说谁手上有鲁洛洛那村的奴隶，就会遭到盾之勇者的刺杀。”

反正已经有了那么多的目击者，让流言生长的土壤已经足够肥沃。

“只要你像那两个商人一样加入我的麾下，我不会伤害你的。怎么样？”

“明……明白了……”

就这样，有关黑市角斗场的事情算是告一段落了。

当然，第二天的比赛基本上就是走个过场，速战速决了。

尾声 表现

被沙迪娜解救的奴隶们超过了十五个。她居然靠着角斗场的奖金买了这么多，真让人怀疑。

另外，拉芙塔莉雅在奴隶拍卖会上见到的鲁洛洛那村奴隶好像也在其中。

通过交谈得知，沙迪娜是拜托了同乡的奴隶和商人一起到会场确认有没有其他同乡被拍卖。

毕竟他们要做的事情都要以对方真的是同乡为前提。

现在沙迪娜的契约也作废了，完全恢复了自由之身。

“好了，拉芙塔莉雅，你们说完了吗？”

“是，大家都相信了我的话。我也告诉大家了，现在村子是尚文大人的领地，大家正在重建村庄。”

“剩下的大概就是愿不愿意做我的奴隶了吧。”

“这个，能不能等大家回到村子之后再进行呢？”

嗯……等他们见过基尔那几个范本之后，说不定会为了变强，自愿成为我的奴隶呢。

拉芙塔莉雅倒是也挺聪明的嘛。

“知道了。总之先让大家都加入我们的队伍吧，这样随时都可以用传送技能直接返回村子。”

在沙迪娜和拉芙塔莉雅的带领下，十五个奴隶其乐融融地返回了村子。体验过传送之后，他们好像都挺吃惊的。

“我们也先回去吧。老实说现在还挺累的。”

“嗯。”

我们用传送技能回到村子，就看到沙迪娜和村民们正凑在一起叙旧。

菲洛跑到隔壁镇上找梅尔媞去了，想要好好给她讲讲自己这次的丰功伟绩。

希望她别说什么多余的话就好。

“原来小洛克的真名叫小尚文呀。”

“无论叫什么名字，到你嘴里都是小字辈呀。”

沙迪娜依然是一副自来熟的样子，用逗小朋友的语气和我说话。

“对了，小尚文，你和小拉芙塔莉雅走到哪一步啦？”

“什么？”

“沙迪娜姐姐！”

这句话里的“走”，指的是什么意思？

拉芙塔莉雅本来就不喜欢这种玩笑，沙迪娜和她交情也算深厚，应该有所了解吧。

所以她说的“走”，应该就是字面意思的走吧。她是问我们都去过哪些地方吗？

“我们走到了浪潮另一边的异世界。拉芙塔莉雅现在用的刀就是那个世界的……替换成这个世界的说法，应该就相当于七星武器级别吧。”

“哎呀。”

沙迪娜目不转睛地看着拉芙塔莉雅。

“怎么了？”

“是吗？你和小尚文就只有这样？”

“是啊。”

“哥哥他们怎么了？”

因为和同乡重逢，基尔非常开心，这个时候也凑过来开口

问我。

“没怎么，基尔。”

“是吗？”

“我们在说拉芙塔莉雅的丰功伟绩。”

“尚文大人就这么想吧，没有问题。”

怎么了？这话怎么听起来有点儿不对劲。难道我的第一反应才是正确答案吗？

“哎呀，也就是说……那这样吧，小拉芙塔莉雅，小尚文我可就笑纳咯。”

“你在说什么啊！”

“你胡说什么呢！”

“咦？我是真的想和小尚文在一起哦。”

沙迪娜一副扭扭捏捏的样子，一边慢悠悠地回答拉芙塔莉雅，一边攀上了我的手臂。

快住手，有点恶心。

我把她推开也没有用，她总是不厌其烦地重新凑上来。

可恶，这家伙也太缠人了吧！

“就让姐姐来无微不至地照顾你吧。”

“沙迪娜姐姐……你还清醒吗？”

“当然啦。”

沙迪娜毫不犹豫地回答。

“什么呀，原来是在说喜欢哥哥的事情啊，那村子里的所有人都是最喜欢哥哥的呀！”

“我是脾气暴躁的守财奴！我没准备跟你们和睦相处，也不是什么好脾气的大哥哥！”

“居然能说出这么没有说服力的话，也算是厉害了。”

基尔说什么胡话！这孩子果然脑子有问题。

我知道沙迪娜是故意气我才会做出这么露骨的暗示！

看她的表现就知道了，根本就是恶作剧。

如果把她说的每句话都当真，恐怕要心累而死。

但是，拉芙塔莉雅的性格就很认真，而且还特别讨厌这种话题。

“就是啊。对了，基尔，你就和姐姐一起来攻略小尚文吧。姐姐想嫁给小尚文。”

“谁要娶你啊，蠢货！”

拉芙塔莉雅的脸色越来越难看了，她转头看着我。

“尚文大人……难道你和沙迪娜姐姐……拼过酒？”

“拼酒？第一次见面的时候倒是喝了不少，不过我只是顺便。第二次见面的时候也喝了，但是沙迪娜当时也没喝醉吧？”

“讨厌。小尚文这么一说，不就等于是赢了姐姐吗？”

拉芙塔莉雅好像遭受了重大打击，她抬手按着自己的额头，无语地望着天。

到底怎么了？

“尚文大人……很久以前，沙迪娜姐姐就对村里的人说过她的原则。”

“唉……”

基尔也不断点头。

什么原则啊？

“沙迪娜姐姐当时是这样说的，‘只有酒量比我好的人才能成为我一生的伴侣！如果遇到这样的人，我一定不会错过，大家要做好心理准备’。”

“沙迪娜姐姐是全村酒量最好的人。听说她还是全领地范围酒量大赛的冠军，赛后还不停喝酒呢。”

“啊……”

“所以呢，现在沙迪娜姐姐点名说哥哥就是未来的丈夫，那村子里的人一定会想，哥哥是拼酒赢了沙迪娜姐姐。”

“啊？”

这么说来，沙迪娜还给我喝过加了露可露果实的酒。

从那以后，她对我的态度好像确实比之前亲切得多。

咦？沙迪娜就是为了这个，才想让我做她的丈夫？

我还以为她只是单纯的恶作剧呢……

我转头去看沙迪娜，这家伙已经化成了人形，一手捧着脸做娇羞状，一手在我的手臂上不停地画圈圈。

怎么说呢，如果我没有被贱人骗过，应该会天真地以为，我们之间的亲密值已经达成攻略条件，或者相信自己终于迎来了受异性欢迎的时期吧。

“哥哥，你是怎么赢了沙迪娜姐姐的啊？”

“赢没赢我是不知道，反正自从吃过露可露果实之后，她就变成这样了。”

“那就对了……”

基尔和其他村民们异口同声地表示可以理解。

可能是因为沙迪娜以前在村子里是大家的好姐姐吧，所以每个人都很清楚她的这个癖好？

“我们到处做生意的时候，不是总有人拿来给我吃吗？”

“啊？那是露可露的果实吗？我们还以为是表示欢迎的见证呢。”

吃露可露的果实已经渐渐成为证明盾之勇者真伪的通用方式了，所以不认识的村民会拿来给我吃。

好像除了我之外，没有人能直接吃露可露的果实还毫无反应吧。

其实从某种意义上来说，这也算是兼具了欢迎和辨别真伪

的双重功效吧。

“所以我是真心的！小尚文，谢谢你！”

“呜哇！”

沙迪娜噘起嘴，迅速凑了过来。

我慌忙转头躲避，但还是被她亲到了脸颊上，还发出啵的一声响。

“哎呀，好遗憾，下次一定要亲到嘴。”

“别胡闹！”

好危险！初吻差一点就没了！

不好意思，我可不想在这个世界成家立业！

等到世界和平了，我要马上回日本去。

我怎么感觉身边的目光有点刺眼？

原来是拉芙塔莉雅，不知道为什么，她正恶狠狠地瞪着我和沙迪娜。

你看吧，就因为拉芙塔莉雅性格太认真，有人在她面前这样她就会很不高兴。

“拉芙——”

“唔啊啊啊……”

“沙迪娜姐姐！”

“哎呀哎呀，心情真好。今后的每一天，姐姐的期待都会比前一天更多一些哦。”

“可能的话，还是希望你能老实一点……”

“啊，对了！哥哥！给大家做饭吧！”

“吃饭！”

“吃饭！”

“吃——饭！”

“闭嘴！”

总之，这样一来，赎回拉芙塔莉雅同乡这件事也算步入了轨道。

虽然还不知道这些家伙以后能不能算作战斗力，但至少能用的人手增加了。

只不过，我的脑海中忽然冒出了“一波未平一波又起”这句话……应该只是我的错觉吧？

沙迪娜又从亚人形态变成了兽人，想要用蛮力抱住我。拉芙塔莉雅对骚扰过于敏感，心情非常糟糕——要把她们都安抚好，恐怕又要花费我不少力气。

角色设计
沙迪娜（娜迪亚）
沙迪娜

角色设计
基尔
基尔

盾之勇者成名录⑩

图书在版编目（CIP）数据

盾之勇者成名录. 10 / (日) Aneko Yusagi著 ;
(日) 弥南星罗绘 ; tomo译. -- 成都 : 四川美术出版社,
2021.7
ISBN 978-7-5410-9825-3

Ⅰ. ①盾… Ⅱ. ①A… ②弥… ③t… Ⅲ. ①长篇小说
—日本—现代 Ⅳ. ①I313.45

中国版本图书馆CIP数据核字（2021）第115780号

原著名：《盾の勇者の成り上がり 10》，著者：アネコユサギ，绘者：弥南せいら 日版设计：ragtime
TATE NO YUUSHA NO NARIAGARI Vol.10
©Aneko Yusagi 2015
First published in Japan in 2015 by KADOKAWA CORPORATION, Tokyo.
Simplified Chinese translation rights arranged with KADOKAWA CORPORATION, Tokyo.
Translation copyright ©2021 by Guangzhou Tianwen Kadokawa Animation & Comics Co.,Ltd.
本书中文简体字翻译版由广州天闻角川动漫有限公司策划并由四川美术出版社出版。未经出版者预先书面许可，不得以任何方式复制或抄袭本书的任何部分。
四川省版权局著作权合同登记号：21-2020-159

本书为引进版图书，为最大限度保留原作特色、尊重原作者写作习惯，故本书酌情保留了部分外来词汇。特此说明。

盾之勇者成名录 10

Dun Zhi Yongzhe Chengming Lu 10　　［日］Aneko Yusagi著；［日］弥南星罗绘；tomo译

责任编辑： 杨　东
文字编辑： 丘俊龙
美术编辑： 杨　玮
责任校对： 田倩宇
责任印制： 黎　伟
出版发行： 四川美术出版社
成都市锦江区金石路239号　邮编610023
成品尺寸： 787mm × 1092mm　1/32
印　　张： 8.75
字　　数： 210千
印　　刷： 中华商务联合印刷（广东）有限公司
版　　次： 2021年7月第1版
印　　次： 2021年7月第1次印刷
书　　号： ISBN 978-7-5410-9825-3
定　　价： 42.00元

版权所有 侵权必究
本书如有印装质量问题，请与广州天闻角川动漫有限公司联系调换。
联系地址：中国广州市黄埔大道中309号 羊城创意产业园3-07C
电话：（020）38031253　传真：（020）38031252
官方网址：http://www.gztwkadokawa.com/
广州天闻角川动漫有限公司常年法律顾问：北京市盈科（广州）律师事务所